# КРОК УПЕРЕД

ЛАРА ЛОНД

Лонд, Лара. Крок уперед. Оповідання.

Наша віра, любов і надія на Бога перевіряються у складних життєвих ситуаціях. У цю збірку увійшли оповідання про життя, про віру, про кохання, про небесне і про земне, про сучасне і про вічне, написані вже уподобаним усіма стилем Лари Лонд.

Переклад з російської та адаптація: Богдан Мичка.

Щоб придбати цю книгу, зайдіть на https://www.ridnoyumovoyu.com/

Серія «Рідною мовою» зберігає та розповсюджує літературу українською мовою для західних читачів за межами України.

# КРОК УПЕРЕД

ЛАРА ЛОНД

# ЗМІСТ

# ІСПИТ ЖИТТЯ

Того літа ми вирішили не їхати на море чи ще кудись, а просто зняти будиночок у якомусь глухому селі і провести там місяці зо два. Ідея належала батькам, і я не заперечувала, хоча добре розуміла, чим це викликано. Я провалила іспит, восени очікувалося перездача, і мені треба було готуватися. Як і батьки, я добре знала, що, поїхавши на курорт чи залишившись у Києві, я цього робити не зможу — як і не зможу повноцінно відпочити: прокляте перескладання іспитів висіло над душею.

Найприкріше було те, що іспит був дурний і зовсім неважливий: історія релігії. Лекцій з цього предмету було мало, а з тих, що були, половину я прогуляла — як, зрештою, зробили й багато інших студентів. Всі були впевнені, що такої нісенітниці суворо не питатимуть, тим більше що іспит цей був останнім у навчальному році. Однак, я все ж таки трохи позаймалася і, як мені здавалося, підготувалася досить: я погортала подружчині конспекти і виписала з підручника всі найбільш суттєві визначення, навіть намагалася їх запам'ятати.

Екзаменаційний білет здався мені дуже простим: «Християнство. Основні принципи та положення християнського вчення». Все було ясно: спочатку треба дати визначення християнства, потім пояснити, розширити, поглибити тощо. — Коротше кажучи, набазікати побільше і попереконливіше. Звичайний і багато разів перевірений спосіб складання подібних іспитів.

Я мало не першою зголосилася відповідати, бажаючи якнайшвидше всього цього позбутися і поринути з головою в довгі літні канікули... Але на мене чекав сюрприз.

— Що у вас? Християнство, — сказав професор, прочитавши мій білет. — Слухаю вас.

— Християнство — це одна із світових релігій, що з'явилася в першому столітті нашої ери, — жваво почала я. — Основою християнства є вчення про міфічного Христа, який нібито прийшов на землю, щоб урятувати людство. Християнство зародилося у східних провінціях Римської імперії.

— Зачекайте, — перебив мене професор. — Розкажіть докладніше про сутність християнства.

«Про сутність? Та я все сказала... У всякому разі, все, що знала». Але визнаватись у цьому було, звичайно, не можна, і я почала викручуватися.

— Сутність християнства полягає у вченні про Христа. Відповідно до цього вчення, Христос прийшов на землю, щоб урятувати людство.

— Так, ви вже це сказали, — знову перебив мене професор. — Ось я і прошу вас докладніше пояснити, щоб я побачив, що ви це розумієте. Отже?

Я мовчала. Звідки мені було знати, що він так копатиметься? Взагалі, це нечесно!

— Я не зрозуміла питання, — збрехала я, все ще на

щось сподіваючись.

— На мою думку, питання було досить зрозуміле, — знизав плечима професор. — Ну, добре, я спитаю по-іншому: у що вірять християни?

— Християни вірять у Бога — Христа...

— І тільки?

— Ні... ще у святих, — пробурмотіла я, відчуваючи, що світ навколо мене тріщить по швах.

— Святі — це не Бог, — сказав професор. — До того ж не всі галузі християнства поклоняються святим. Та я і не прошу вас вдаватися до таких тонкощів. Я питаю про основи. Ось ви сказали, що Христос прийшов на землю, щоб врятувати людство. Від чого? Яким чином?

Звідки мені було знати?!

— Ну... Щоб відкупити... Він був розіп'ятий на хресті...

— Так, так, — підтримав професор. — І?

Що «і»?! Я починала злитися. Я не вчилася у семінарії!

А професор усе не відставав:

— Ви кажете майже правильно, тільки неточно. Правильно, за вченням християн Христос був розіп'ятий на хресті, щоб відкупити людство. Ось і поясніть мені, яким чином чиясь смерть може відкупити когось іншого?

Пояснити я цього не могла і іспит провалила. Цей абсолютно несподіваний провал і майбутня перездача восени страшенно мене засмутили; мені не хотілося нічого робити, не хотілося нікого бачити, і тому я охоче погодилася замкнутись на пару місяців десь у глушині.

Через когось із знайомих батько досить швидко знайшов відповідний будиночок за п'ятсот кілометрів від Києва, і ми незабаром туди переїхали. Місце виявилося прекрасним — маленьке село, оточене лісом з одного боку та заливними луками з іншого, поряд річка, а десь у лісі, як нам сказали місцеві, були джерела та озеро.

Наш будиночок, що стояв біля самої річки, одразу нам сподобався: маленький, затишний і акуратний, з усіма необхідними сільськими умовами — велика піч, на подвір'ї колодязь, за ним сад. Місцеві жителі, хоч як це дивно, зустріли нас добре, особливо найближчі сусіди з дому навпроти. Це було літнє подружжя, дуже добре й привітливе, що ставилося одне до одного напрочуд дбайливо — це кинулося нам у вічі першого ж дня, коли вони зайшли познайомитися. Бабуся принесла козуб малини, а її чоловік тримав у руках тарілку з великим шматком медового пирога. Мама, що відчинила їм двері, навіть трохи відступила назад — ми ніяк не очікували такого візиту. Старі представилися — Олександр Петрович та Оксана Іванівна — і вручили нам свої подарунки.

— Малинка — це так, на пробу, — пояснила Оксана Іванівна. — Цього добра у нас у лісі повно, вам скоро і збирати набридне. А ось пиріжок випечений за особливим рецептом; якщо захочете, я вас навчу.

— Це власний мед: наш син тримає бджіл. А дружина робить найкращі по всій окрузі медові пироги, — повідомив Олександр Петрович, і в очах його засвітилася така щаслива гордість за дружину та сина, що не можна було не посміхнутися — і не позаздрити.

Ми запросили нових знайомих сісти, але вони ввічливо відмовилися:

— Ні, не будемо вам заважати; вам треба відпочити та освоїтися. Заходьте, якщо буде щось потрібно.

— Нам сказали, що тут у лісі десь озеро є? — спитав батько.

— Є, — закивали старі. — Віктор, син наш, якраз пішов туди рибалити. Коли повернеться, ми попросимо його зайти до вас; він вам розповість, як дістатись озера, або навіть відведе. Якщо до джерел хочете, теж його питайте, він їх усі знає; або де чорниця росте, або ще що...

Вони попрощалися та пішли.

— Які милі люди, — зауважила мама. — Треба ж — у такій глушині...

— Тому, мабуть, і милі, що не бачать всієї цієї погані, на яку ми милуємось у місті, — припустила я.

— Так, мабуть, — погодилася мама.

Увечері до нас зазирнув Віктор. Він виявився високим симпатичним парубком років тридцяти п'яти, з чорним волоссям і блакитними очима, що досить рідко зустрічається; у перший момент він здався нам зовсім несхожим на своїх батьків, але варто йому було посміхнутися широкою відкритою посмішкою, як схожість стала очевидною. Він поговорив з моїм батьком про рибалку, розповів, де шукати джерела та озеро та люб'язно запропонував проводити нас туди у будь-який час.

— Ви любите тварин? — раптом звернувся він до мене. — Якщо так, заходьте, у нас зараз підростають ягнята. Це диво, яке варто подивитися.

Я збиралася погодитись, але тут втрутилася мама (батьки є батьки):

— Ой, вона б із задоволенням, тільки їй треба займатися. Адже вона навчається в КиМУ; там дуже складні іспити.

— КиМУ? — перепитав Віктор. — На якому факультеті?

— Журналістики! — з гордістю сказала мама.

Віктор подивився на мене з якимось дивним виразом, якого я не змогла зрозуміти; втім, воно зникло.

— Тоді, звичайно, ви маєте рацію: ягнята погані помічники у заняттях.

— Я, може, зайду якось, коли втомлюсь займатися, — сказала я, намагаючись хоч якось урятувати становище і не виглядати зовсім без'язикою.

— Ласкаво просимо, — усміхнувся Віктор і раптом запитав щось зовсім незбагненне: — А до речі, чи немає у вас випадково Честертона?

Я розгубилася; про Честертона я чула тільки краєм вуха — і вже принаймні ніяк не очікувала такого питання від сільського хлопця!

— Ні, на жаль... — пробурмотіла я.

— Шкода; ніяк не можу його знайти, — зітхнув Віктор. — Ну гаразд. До побачення!

Віктор пішов, і, зрозуміло, перше, що я почула від батьків, було:

— Хто такий Честертон?

— Письменник, — недбало відмахнулася я.

— Який? Що він пише? Ти його читала?

Мені, звичайно ж, не хотілося почути, що якийсь хлопець із глибинки читає і знає більше за мене, студентки факультету журналістики КиМУ!

— Звичайно, читала, тільки давно і вже не пам'ятаю.

Однак мені все ж таки довелося вислухати, що письменника, відомого навіть у такому селі, слід було б добре знати і пам'ятати.

Швидко побігли сонячні літні дні, наповнені купанням, прогулянками, суницями, малиною, чорницею... Я, звичайно ж, намагалася і займатися, обклавшись підручниками то в саду, то на терасі, але виходило в мене абияк. Інформації було дуже багато, вона була розрізнена, різні книжки акцентували різні факти, і я просто губилася. Найгірше було те, що професор попередив мене, що на перездаванні в мене залишиться те саме питання: я повинна докладно пояснити суть християнства. Це приводило мене до відчаю.

З кожним днем ми все більше дізнавалися про наших нових знайомих — і з кожним днем все більше на них дивувалися. Надивившись на інших сільських жителів, ми швидко переконалися, що вони далеко не такі милі, як Віктор та його батьки. Моя теорія про позитивний вплив сільського способу життя розсипалася на порох. Місцеві мужики пили та майстерно матюкалися, молоді хлопці не відставали від них і нерідко билися; жінки годинами пліткували, обговорювали і лаяли всіх і вся. На цьому фоні Олександр Петрович, Оксана Іванівна та Віктор Галичи виділялися надзвичайно. Завжди привітні, ввічливі та доброзичливі, вони були немов частиною іншого світу. Галичи багато працювали, особливо Віктор. Він стежив за пасікою і за великим яблуневим садом, доглядав корову, вівці, курей, постійно щось лагодив чи майстрував і ніколи не відмовляв у допомозі сусідам. Крім того, Віктор був ще чимось на кшталт місцевого ветеринара: до нього несли всіх захворілих чи поранених тварин, і він охоче з ними порався, лікував, перев'язував, іноді навіть залишав на якийсь час у себе — «клав у лазарет».

Але найбільше вражало мене ставлення Віктора до батьків. Ніколи ще не бачила я, щоб дорослий чоловік так ніжно любив батька і матір — і не соромився цієї своєї любові, не ховав її за напускною недбалістю. Раз у раз ми бачили у вікно, як наші сусіди мирно сидять утрьох на терасі. Вони пили чай і довго розмовляли. «Про що можна розмовляти з батьками?!» — дивувалася я. Часто Віктор щось читав уголос, а старі сиділи й уважно слухали. Я не могла цього зрозуміти.

Галичів любили та поважали; багато наслухалися ми в селі різних пліток, але про цю родину ніколи не чули ні від кого жодного поганого слова — незважаючи на те, що Галичи, як з'ясувалося, були колишні кияни, а в селах зазвичай міських не люблять — тим більше киян.

Випадково почута від когось фраза, що Галичи кілька років тому переїхали сюди з Києва, пробудила в мені цікавість. Мені захотілося дізнатися історію цієї сім'ї — що виявилося дуже неважко: варто було тільки обмовитися про Галичів у розмові з однією з місцевих старенькій, і вона виклала мені все.

— Галичи! Чудові, чудові люди. Завжди до всіх з добром, завжди допоможуть. Але ж пережили скільки? Ви не знаєте? Адже у них старший син загинув у в'язниці та й Віктор теж сидів.

— За що?! — обомліла я.

— Відомо, за що — за віру. За що ще садити таких людей?

Я здивувалася ще більше:

— Як за віру? Що це означає — за віру? Хіба вони віруючі?

Бабуся здивовано на мене подивилася:

— А хіба ви не бачите?

Так я несподівано дізналася таємницю особливості Галичів; виявляється, такими несхожими на інших їх робила віра, за яку їм довелося сильно постраждати. Я була заінтригована: що таке зробили Віктор і цей його брат, що помер у в'язниці? Чому вони на це пішли? Скільки часу провели у в'язниці? І головне — невже дві молоді освічені людини дійсно могли так сильно вірити?! Я вважала віру долею безграмотних старих, ну і ще священиків, причому останні завжди були для мене загадкою: що переконує їх у існуванні Бога? Чи вірять вони самі в те, чому навчають інших?

Але в мене не було часу шукати відповідей на ці запитання. Літо закінчувалося, а до іспиту я так і не була готова. Не раз і не два вилітали у вікно ідіотські книжки, сповнені непотрібної інформації та не здатні допомогти мені вирішити професорське завдання. І звідки тільки взявся цей професор, який надумав питати не за підручником?!

Одного разу в мою зневірену голову прийшла раптом проста думка: а що, якщо спитати про сутність християнства Віктора? Раз він віруючий — і, начебто, по-справжньому — він-бо повинен зуміти пояснити мені все просто і дохідливо! Ідея була хороша — тільки як звернутися до Віктора з подібним питанням, я не уявляла. Мабуть, я так і не наважилася б, якби одного ранку Віктор сам не зайшов до нас із повним цебром великих червоних яблук.

— Ось, пригощайтеся. А як ваші заняття?

— Погано, — сказала я і розповіла йому своє горе.

Віктор уважно вислухав і посміхнувся.

— Здається, я можу вам допомогти. Чи можна подивитися, що ви читаєте?

Я принесла книжки. Віктор переглянув їх і похитав головою.

— Боюся, ці книги сутності християнства вам не розкриють. Їх писали атеїсти, причому не зовсім чесні. Загляньте до нас сьогодні по обіді; я постараюся вам щось підібрати. Ну і, звичайно ж, радий пояснити, що зможу.

Після обіду я постукалася до Галичів. Двері відчинив Віктор, як завжди привітно посміхаючись. Оксана Іванівна відразу посадила мене пити чай.

— Я знайшов вам пару книжок. Зараз принесу, — сказав Віктор і пішов у свою кімнату.

Я почала розглядати фотографії на стіні. Їх було три. На першій, найстарішій, стояла молода пара, в якій я легко дізналася Олександра Петровича і Оксану Іванівну; мабуть, вони тоді тільки побралися. На іншій картці були вони ж, тільки набагато старші, з якимось молодим світловолосим хлопцем. І нарешті на третій, мабуть, останній, фотографії були Олександр Петрович, Оксана Іванівна та Віктор. Я знову глянула на середню картку. Цей світловолосий хлопець, мабуть, і є той, хто помер у в'язниці. Запитати, зрозуміло, я не посміла б — але Оксана Іванівна перехопила мій погляд.

— Це Григорій, наш старший син. Він зараз із Господом; ми за ним дуже сумуємо.

Мене глибоко вразило те, як вона це сказала: спокійно, ніби про живого, що просто поїхав кудись і колись повернеться.

— З ним щось трапилося? — обережно спитала я і поквапливо додала: — Тільки, будь ласка, не розказуйте, якщо вам важко, і вибачте мені.

Оксана Іванівна збиралася щось відповісти, але на цей момент повернувся Віктор, тримаючи в руках стопку книг. Він, певне, все чув, бо одразу ж кинув на матір стривожений погляд, а потім повернувся до мене.

— Ви питаєте про Григорія? Це довга історія... і я вам її розповім.

— Вікторе?.. — раптом запитала Оксана Іванівна, взявши його за руку.

Він сумно їй усміхнувся.

— Нічого, мамо, я розповім. Тільки я не хотів би, щоби ти чула...

— Я піду, — одразу погодилася вона. — Я піду збирати яблука.

Оксана Іванівна поцілувала сина та вийшла.

Мені було дуже ніяково.

— Вікторе, пробачте мені — я не повинна була питати...

— Нічого, — тихо промовив Віктор. — Знаєте? Це навіть добре: вам буде корисно це почути. Я тільки прошу вас нікому не розповідати тут; у селі не знають подробиць. Батьки не хочуть розмов.

Я обіцяла не розповідати. Віктор був спокійний і серйозний, і дивився кудись повз мене, мабуть, перебираючи в голові нелегкі спогади. Я мовчки чекала. Віктор присунув до мене чашку чаю, якої я поки що не торкнулася, і почав свою розповідь.

— Григорій Галич був християнином, *справжнім* християнином. Ви, мабуть, знаєте, що в нашій скаліченій атеїзмом країні люди часто вважають себе віруючими, просто *припускаючи* існування Бога, і вважають, що цього достатньо; іноді вони ще виконують деякі релігійні ритуали, але не беруть на себе труднощів скільки-небудь серйозно вникнути в сутність християнства, і відвідують церкву лише зрідка. Григорій був не такий. Він народився в міцній християнській сім'ї, яка зуміла закласти в нього тверді, розумні основи віри. Григорій знав, у що і чому вірив, він вивчав Біблію і, хоч і не збирався ставати священиком, вважав служіння Богові найголовнішим у житті. Григорій дуже багато читав, посилено займався самоосвітою; він хотів вступити до КиМУ — саме на ваш факультет, журналістики.

«Так ось чим пояснюється той дивний погляд, який він на мене кинув, коли дізнався, де я навчаюсь!» — подумала я.

— Тільки шлях до КиМУ був для нього закритий, — вів далі Віктор. — Григорій не був комсомольцем — тож самі розумієте... До того ж, адже навіть із комсомольським квитком далеко не всі можуть туди пройти — думаю, ви це знаєте краще за мене.

Я знала. Мені не було відомо, скільки і кому заплатив мій батько за мій вступ, але я знала, що він заплатив.

— Григорій, звичайно, теж добре все це знав, але все ж таки вирішив спробувати. Як і слід було очікувати, в КиМУ його не прийняли, хоча іспити він склав чудово. «Що ж, значить, Господеві це не завгодно, — втішав його батько. — Не переймайся. Адже за обставин, що склалися, ти все одно не міг би бути чесним журналістом». Григорій погодився і подав документи до Літературного Інституту. У Літературному, мабуть, не дуже уважно переглянули його анкету — а може, просто поставилися ліберальніше, або дуже сподобався нарис, який він писав на іспиті. Коротше кажучи, Григорія прийняли. Але провчився він там дуже недовго. Незабаром з'ясувалося, що він не комсомолець, і, зрозуміло, його всіляко схиляли до вступу в комсомол. Григорій відмовився і чесно назвав причину: члени комсомолу мають бути атеїстами, а він — людина віруюча.

Віктор перервав свою розповідь і подивився мені у вічі.

— Я хочу, щоб ви зрозуміли одну річ: Григорій не був наївним хлопчиком, він знав, чим це може скінчитися. Він легко міг би вигадати іншу причину — сказати, наприклад, що не почувається готовим чи гідним вступити до комсомолу. Григорій не зробив цього не тому, що не зрозумів, а тому, що був чесним християнином.

— Але ж... релігія у нас офіційно не заборонена, — пробелькотіла я. — Невже його посадили за це?!

— За це — ні. Релігія у нас справді не заборонена, і Григорія не могли посадити лише через те, що він відкрито назвав себе віруючим. Але й залишитись зовсім без наслідків подібне не могло. Григорія взяли на замітку; з ним почали «працювати». Комсомольські лідери почали доводити йому на всі лади безглуздість і хибність християнства. Але Григорій, як я вже сказав, не був сліпо-віруючим; він чудово знав Біблію, біблійну та загальну історію. Віра його була досить обґрунтована, і він легко спростовував усі наведені йому докази, виставляючи такі контраргументи, що опонентам його просто не було чого заперечити.

— Наприклад? — Запитала я. Мені чомусь захотілося раптом почути розумний аргумент на користь віри.

— Ну, наприклад, спочатку це були досить прості речі: Григорія запитували, як він може вірити в існування чогось, чого не можна ні побачити, ні почути, ні доторкнутися. «А хіба існує лише те, що можна побачити? — відповів Григорій. — Візьміть думку. Її не можна ні побачити, ні доторкнутися, проте всі ми добре знаємо, що думка існує». Поступово вони переходили до більш складних питань; вони обговорювали створення світу, походження людини, добро та зло. Григорія питали про війну: «Припустимо, Бог є. Чому Він тоді припускає зло? Чому Він припускає війни?» «Бо Бог не нянька, а люди не грудні немовлята, — пояснював Григорій. — Бог дуже багато віддав у їхні руки. Він створив світ і записав у Біблії закони, якими цей світ працює. І попередив: якщо їх не виконувати, буде погано. А люди не бажають не тільки виконувати — багато хто не хоче навіть до пуття дізнатися про ці закони. Отже, не треба звинувачувати Бога за людські помилки — і за людську впертість». До цієї дискусії залучалося дедалі більше студентів — і дехто з них почав приймати бік Григорія.

Студенти Літературного Інституту — люди, які читають і мислять. Вони всерйоз зацікавилися предметом, що обговорюється; кілька людей роздобули Біблію і почали читати, звертаючись до Григорія за роз'ясненнями. Становище ставало небезпечним. Якось після лекцій до Григорія підійшов літній професор. «Послухайте, Галич, ви розумна людина і маєте розуміти, — сказав він. — Ви молоді та талановиті, з вас вийде добрий письменник; навіщо вам неприємності? Адже ніхто не заважає вам вірити. Вірте *про себе*. У нашій країні заборонено релігійну пропаганду. Послухайте, все ще можна виправити: вступіть у комсомол і напишіть невелику розповідь чи нарис про досягнення партії та уряду. Я розумію, вам це не зовсім зручно... але повірте мені, я багато чого бачив у житті: краще це зробити». Григорій відмовився. Незабаром його заарештували.

— Скільки йому було років? — Запитала я.

— Вісімнадцять. — Віктор кивнув на фотографію на стіні. — Це фото було зроблено незадовго до арешту... Це його останнє фото.

— Що ж було далі?

— Григорія привезли на Володимирську №33. Не розповідатиму вам про тюремні порядки; почитайте Солженіцина, якщо наважитеся і якщо зумієте його дістати — там правда. Першого дня Григорія побили в камері карні злочинці (кримінальних і політичних арештантів утримували разом). Вони вимагали у Григорія цигарок; він сказав, що не курить, і його побили — спочатку не дуже сильно. Охорона бачила це через вічко, але, звичайно, не втрутилася: навіщо було позбавляти себе розваг? Увечері Григорій став навколішки а почав тихо молитися. Інші в'язні почали з нього сміятися — усі, крім двох політичних, — але Григорій не звертав уваги. Тоді один із карних злочинців підійшов і наказав йому голосніше молитися. Григорій це здійснив. Криміналісти почали знущатися з кожного слова, але потім замовкли. Григорій просив у Господа захисту — собі та своїм сусідам по камері, щоб нікого не засудили несправедливо; він просив подбати про батьків, дружин та дітей, що залишилися на волі, просив заспокоїти їх та втішити. В'язні слухали, а охоронці спостерігали у вічко, роздумуючи, чи не припинити їм це діло. Але жодних вказівок щодо цього не було, і Григорію дали закінчити молитву. Коли він закінчив, один із політичних попросив його цю молитву записати. «І мені перепишеш», — почувся раптом з боку карних злочинців. «Я можу записати, тільки навіщо? — здивувався Григорій. — Хіба ви самі не можете молитися своїми словами?» «Кінчай розмовляти — пиши давай!» — закричав карний злочинець. Але писати у в'язниці не дозволялося, і один із охоронців, стукнувши у двері, пригрозив, що зробить обшук і відбере заховані олівці.

Про охоронця цього слід розповісти особливо. Здебільшого в охороні були молоді хлопці вісімнадцяти-дев'ятнадцяти років, які потрапили туди майже випадково: їх просто призвали до армії та направили охороняти в'язницю. Майже всім їм подібна служба була спочатку важка, але з ними проводили роз'яснювальну роботу: їм втовкмачували, що всі, хто перебуває в камерах, — злочинці та вороги, навіть якщо суто зовні такими не здаються; помилок не буває, і шкодувати їх не треба: всі вони дуже хитрі та підступні, і можуть спеціально намагатися викликати жалість, щоб при нагоді втекти. Поступово охоронці звикали до особливостей своєї роботи, все рідше ставлячи запитання. Цьому ж чоловікові на прізвище Майський звикати не довелося: нова робота сподобалася йому відразу, і він швидко визначив численні її переваги — наприклад, було дуже вигідно продавати речі, які кримінальники відбирали у політичних, або передавати ув'язненим ті самі заборонені олівці (зрозуміло, за гроші ), а потім несподівано влаштовувати обшук та відбирати їх.

— Ось гад! — обурилася я. — А прізвище наче благородне!

Віктор усміхнувся.

— Насправді він був з дитбудинківських. Його знайшли у травні, у маї, і тому дали таке прізвище.

— А, тоді все зрозуміло.

— Так. Дитячі будинки у нас мало чим відрізняються від в'язниць, і, мабуть, тому Майський одразу відчув себе у своїй стихії — тільки тепер він мав владу, хоч навіть і дуже невелику, але з задоволенням нею користувався. Мабуть, звідти ж з дитбудинку виніс він і свою нехитру життєву філософію: нікому не вірити і ні про кого не думати, окрім себе.

— Дуже зручно, — зауважила я.

— Дуже, — погодився Віктор. — І знаєте? Адже такої філософії дотримуються дуже багато людей, тільки, можливо, не так примітивно це формулюють — і намагаються прикрити якимись милозвучними ідеями. Чи не помічали?

— Помічала, звичайно, — збрехала я. Насправді я мало про це думала. Мені згадалося, як один із викладачів увесь час казав нам: «Вчіться думати, вчіться думати» — а я ніяк не могла зрозуміти, чого він від нас хоче. Тепер, здається, зрозуміла: мені дев'ятнадцять років, а я досі не замислювалася про багато важливих речей, воліючи просто отримувати задоволення від життя...

— Григорія почали водити на допити, — вів далі Віктор. — Його звинувачували у релігійній пропаганді та вимагали зізнатися в організації якоїсь групи, метою якої була антирадянська діяльність. Григорій не погоджувався; він говорив, що не міг організувати подібну групу, тому що він християнин, а Біблія вчить підкорятися владі, оскільки влада від Бога. «Але ви визнаєте, що вели релігійну пропаганду?» — наполягав слідчий. «Не думаю, що це можна назвати пропагандою, — відповів Григорій. — Мені наводили докази проти християнства, а я відстоював свою віру. Не я почав дискусію, і нікого не закликав до неї приєднуватися; ті, кому було цікаво, підходили самі та слухали». Від нього вимагали назвати прізвища студентів, які брали участь у дискусії. Григорій розумів, якими будуть наслідки, і відмовився. Спочатку його переконували, потім почали бити. Іноді це робив Майський. Він спостерігав за Григорієм, чекаючи, коли той зламається. Але Григорій стояв на своєму — і Майський не міг збагнути, чому. Одного разу Майський вів його з допиту назад у камеру і раптом запитав: «Слухай, ти — ти справді віриш, чи гру яку ведеш?». Загалом охороні розмовляти з заарештованими не дозволялося, проте Майський знав, що ніхто не чує. «Я не веду ніякої гри, — сказав Григорій. — Я християнин». Але Майський не міг цього зрозуміти: «Я тебе питаю, у Бога віриш чи ні?» «Вірю». «Ну й дурень! — засміявся Майський. — Мабуть, не бачив життя, яке воно є. Ну нехай, тепер подивишся». І він уштовхнув Григорія в камеру. У камері знали, як ідуть допити, знали, що Григорій відмовляється назвати якісь імена, і тепер зустрічали його з певним співчуттям. Вечорами Григорій так само молився, а інші арештанти слухали і все частіше просили помолитися за них, що Григорій завжди виконував. Майський вирішив це припинити. Він повідомив начальству, що Галич, схоже, продовжує свою ворожу діяльність і в камері, і тому слід було б перевести його в іншу. Григорія перевели, і Майський підмовив одного з в'язнів у новій камері, щоб той не давав йому молитися. Однак у новій камері історія повторилася: спочатку була бійка, а потім самі ж карні злочинці побажали почути, що це за така молитва, яку охорона велить припиняти. І молитви тривали. А ось для Майського ця історія з переведенням в іншу камеру несподівано обернулася серйозними неприємностями: хтось доповів начальству, що він нібито влаштував перевод Галича за його ж проханням і, можливо, за гроші. Справа була неабияка: це розцінювалося як змова з підслідним і хабар.

— Бог таки існує! — Зраділа я.

— Є, можете не сумніватися, — усміхнувся Віктор.

— Майського посадили?

— Могли посадити, якби Григорій підтвердив, що підкупив його. Майський добряче злякався: він не сумнівався, що Григорій так і зробить — заарештованим вже нема чого втрачати, і багато хто з них не забарився б скористатися з такої можливості розправитися з ненависним охоронцем. Але Григорій цього не зробив. Його допитували кілька разів, і він кілька разів повторив, що ні про що не просив Майського і не давав йому жодних грошей.

— І що ж Майський?

— За кілька днів Майський влаштував у камері обшук. Всі були впевнені, що він намагається вислужитися перед начальством і остаточно зняти з себе підозру, але виявилося, що справжньою метою його було інше. Оглядаючи ліжко Григорія, Майський непомітно прошепотів: «Чуєш, ти? Тобі, може, цигарок треба? Я б це... міг тобі принести...

Ну, безкоштовно». Григорій усміхнувся (він був єдиним арештантом, який ще зберіг здатність посміхатися). «Дякую, не треба — я не курю». «Дурень ти, — сказав Майський, вдаючи, що продовжує обшук. — Тобі й не треба самому курити. Сховаєш, а потім обміняєш на щось». Григорій знову подякував йому і знову відмовився. «Дурень, — повторив Майський. — Я допомогти хотів...» «Якщо справді хочеш допомогти, відправ мого листа батькам. — попросив Григорій. — Я тобі дам адресу».

— Хіба він сам не міг надіслати їм листа? — Здивувалася я. — І хіба йому не давали з ними бачитись?

Віктор глянув на мене так, як дивляться на дворічних дітей, що несуть несусвітні дурниці.

— *Бачитись?* Батьки не чули про нього нічого від часу арешту.

— Але як же?.. Приходили ж вони до КДБ, питали про нього?

— Звісно. І їм сказали, що такого тут нема.

Я зрозуміла, що йдеться про речі, про які я зовсім не маю уяви, так що краще вже мовчати і не ставити дурних питань. Я спитала тільки, чи погодився Майський надіслати листа.

— Спочатку ні. Це було надто небезпечно; Майський так і сказав Григорію і поспішив вийти з камери. Григорія невдовзі перестали допитувати. Слідчий відмовився від ідеї з організацією антирадянської групи; релігійної пропаганди було цілком достатньо. Григорію дали десять років.

— Скільки?

— Десять. Звичайна міра покарання для політичних в'язнів.

Я мовчала, не знаючи, що сказати.

Віктор продовжував свою розповідь.

— Якось під час роздачі вечері Майський шепнув Григорію, подаючи йому миску: «Неси листа». Повертаючи порожню миску, Григорій непомітно передав Майському листа, написаного на маленькому клаптику паперу і скоріше схожого на записку. Майський не обдурив і листа цього відіслав; так батьки дізналися, що Григорій живий і що він засуджений на десять років. Григорія відправили на Соловки. І — хочете вірте, хочете ні — рівно через місяць туди ж був відправлений і Майський.

— Навіщо? На охорону?

— Ні. Як ув'язнений. Якось про лист таки довідалися.

— Скільки йому дали?

— Теж десятку. По той бік гратів йому довелося нелегко; якимось чином інші ув'язнені дізнавалися, що він колишній охоронець, і його били нещадно. На Соловки він приїхав весь у синцях і саднах — і зовсім озлобився.

— Вони зустрілись із Григорієм?

— Так, їх навіть випадково помістили поряд. Григорій першим побачив Майського і підійшов до нього, але Майський відштовхнув його і закричав: «Ти! Це все через тебе! Де він, твій Бог?!» «Там же, де завжди — на небесах», — спокійно відповів Григорій. «Воно й видно! А до того, що діється тут, Йому й діла нема!» «Є», — заперечив Григорій, але Майський не дав йому більше нічого сказати: «Замовкни — і не смій читати мені проповіді!» Такою була їхня перша зустріч. Але важкі умови, голод, холод, виснажлива праця та постійна небезпека з боку карних злочинців зближували і не настільки різних людей. Поступово Григорій та Майський почали триматися разом. Потопаючи в глибокому снігу, вони валили ліс, і після такої роботи ледве добиралися до барака, зовсім знесилені. Якось Майський не зміг навіть підвестися, щоб піти отримати щовечірній кухоль окропу. Тоді Григорій запропонував йому половину свого — половину безцінного скарбу, за яким він, змучений і розбитий, відстояв двогодинну чергу. Майський довго й недовірливо дивився на цей кухоль... І нарешті взяв. Після цього якось довірився Григорію; вони почали більше розмовляти. Майський знав, за що Григорія посадили, але попросив розповісти, і Григорій розповів йому всю історію. «Ну й вступив би ти в цей чортів комсомол!» — вигукнув Майський. Григорій посміхнувся. «Тому й не вступив, що він чортів». «А у в'язниці що, краще? — Не відставав Майський. — Зізнайся: шкодуєш тепер, що не погодився?» Григорій подивився йому прямо в очі і твердо промовив: «Ні». Майський похитав головою і відвернувся — не забувши, звичайно, сказати своє улюблене «дурень». Час минав, і вони ставали майже друзями; Майський навіть розповів дещо зі свого дитбудинковського дитинства, і все частіше просив Григорія розповісти йому «чогось історичне». Григорій розповідав про давні цивілізації; про війни; про Єгипет, де знали астрономію та медицину, вміли будувати величезні піраміди, і поклонялися тваринам; про Вавилон, який захопили мідяни та перси, а їх потім завоювали греки, а тих — римляни. Тільки ось про Бога Майський, як і раніше, не хотів чути. Варто було лише згадати цей предмет, як він миттю вибухав. «Якщо ти ще хоч раз почнеш говорити мені про свого Бога, я тебе вб'ю!» — закричав він одного разу... Так тривало п'ять років. А потім у таборі вибухнула епідемія тифу. Люди, і без того виснажені, заражалися і вмирали один за одним. Дешева робоча сила танула швидше, ніж встигала поповнюватися. Почався розгардіяш і плутанина; щоб хоч якось відслідковувати, хто ще живий, а хто помер, ув'язненим написали на правій руці прізвища. Незабаром табірне начальство придумало радикальний спосіб боротьби з епідемією. Усіх хворих перенесли до окремого барака і замкнули там поступово вимирати. Тих, хто перетягував хворих, також ізолювали; їх було вирішено розстріляти.

Я не повірила своїм вухам.

— Зачекайте... Як розстріляти?

— Про всяк випадок: раптом теж заразилися?

— Та як же... як їх могли просто так розстріляти? — Не відставала я, забувши про своє рішення слухати і не ставити дурних питань. — Адже є документи... вирок...

— Ніхто не став би нічого перевіряти. Та й якби стали — за документами все було гаразд: тиф. Усі померли від тифу.

Я ніяк не могла повірити. Мені здавалося, що я чую не розповідь про реальні події, а сюжет якоїсь фантастичної повісті.

— І що ж? Григорій був серед тих, хто переносив хворих?

— Ні. Але серед них був Майський.

— ...І що? Вони знали — ці люди?

— Спершу ні. Вони думали, що це щось подібне до карантину, що хочуть перевірити, чи не заразилися вони. Але потім якимось чином поширилася чутка, і довідалися всі — у тому числі й п'ятнадцять носіїв.

Я на секунду спробувала собі уявити, як це — знати, що тебе скоро розстріляють, і ти нічого не можеш зробити, і ніхто тебе не врятує... Мені стало страшно.

Віктор продовжував дуже тихо, але твердо та чітко.

— Григорій теж довідався. І роздобувши олівець, якимось чином примудрився пробратися в барак до приречених носіїв. Там він знайшов Майського, мовчки стер прізвище з його правої руки і замість нього написав: «ГАЛИЧ». Потім він вклав олівець у холодні пальці Майського і простяг свою руку: «Пиши: МАЙСЬКИЙ».

— *Навіщо?* — з жахом прошепотіла я.

— Ошелешений Майський поставив йому те саме запитання. І Григорій відповів так: «Тому, що я готовий померти, а ти — ні. Я знаю, що буде зі мною: моя душа піде до Бога. А ти від Нього відмовився».

— І Майський погодився?

— Він був, як у маренні, плакав, дивився на свою руку і впускав олівець; потім ніяк не міг вивести літери тремтячою рукою. Григорій шепотів йому: «Ну, постарайся. Адже я сам не зможу написати лівою рукою. А треба, щоб було акуратно... ось так... ось так...» Зрештою, Майський упорався. «Тепер слухай уважно, — сказав Григорій і тицьнув йому якісь папери. — Це два листи. Один для тебе, інший — батькам. Обіцяй мені, що коли звільнишся, ти знайдеш їх і передаси їм листа». Майський кивнув; говорити він не міг. Григорій міцно обійняв його і виштовхнув із барака, сказавши наостанок: «Іди. Я дуже сподіваюся, що цього шансу ти не прогавиш». Наступного дня Григорія розстріляли.

— І ніхто не помітив, що це зовсім інша людина?

— Ні. Особливо ретельно не досліджували, тільки перевірили прізвище на руці. До того ж, усі в'язні, поголені наголо, виснажені непосильною працею та голодом, ставали схожими між собою.

— Що сталося з Майським?

— Через п'ять років Майський звільнився та розшукав батьків Григорія. Весь цей час він носив з собою обидва листи і беріг їх, як зіницю ока. Лист, призначений йому, він читав мало не завжди, так що потім навіть переписав його і став читати копію, щоб не пошматувати оригінал. Іншого листа Майський передав цілим і неушкодженим, як і обіцяв.

— І все розповів?

— Розказувати йому майже не було чого: все було в цьому листі. Бажаєте його прочитати?

— Звісно, якщо можна...

Віктор приніс і простяг мені пожовклий аркуш паперу, списаний олівцем. Я обережно взяла цей безцінний лист, що пройшов табори і знайшов адресата через п'ять років після смерті відправника... Я почала читати.

*«Дорогі мої та любі,*

*Пишу вам із Соловецького табору, знаючи, що хоча вам, швидше за все, нічого про мене не відомо, Господь перебуває з вами і втішає вас. Я дуже вас люблю і молюся за вас щодня. У мене немає часу та можливості писати багато, тому скажу лише найголовніше. Завтра я йду до Господа. Я знаю, що ви зрозумієте мене і пробачите мені той біль, який я вам цим завдаю. Я йду на розстріл замість однієї людини, з якою ми були разом ці п'ять років, і яка поки що не прийшла до Бога. Я молюся, щоб він усе-таки це зробив, і не прогавив цей шанс, за який я віддаю своє життя, як Христос віддав своє за мене і за всіх нас.*

*Ця людина прийде до вас із моїми документами, бо тепер вона житиме під моїм ім'ям. Він передасть вам листа. Він не має ні дома, ні рідних; прошу вас, прийміть його, як би ви прийняли мене, і нехай він буде вам сином...»*

Я перестала читати і подивилась на Віктора. Нарешті я все зрозуміла.

— Ви — ?

— Так, — просто відповів Віктор. — Я їхній прийомний син.

Я мовчала якийсь час, не в силах прийти до тями. Віктор теж мовчав, дивлячись мені прямо в очі і чекаючи на запитання.

— Вони... я маю на увазі, ваші батьки... тобто *його* батьки — ну так, тобто ваші... Вони знають усе? — Запитала я.

— Так, — сказав Віктор. — Я розповів їм все. Все, що з нами було за ці п'ять років; кожну маленьку подію; кожну нашу розмову; кожне наше слово.

— *Із самого початку?* — Обережно запитала я.

— Я розумію, про що ви. Так, — вони знають і те, що відбувалося в КДБ. Вони знають, що я його бив. Проте вони мене пробачили і прийняли. Тепер ми сім'я: вони мої батько та мати, а я їхній син. Молодший син, бо замінити Григорія я, звичайно ж, ніколи не зможу — та й не наважився б намагатися.

— Ви так і мешкаєте з його документами?

— Так. За паспортом я Григорій Галич, і я намагаюся, як можу, нічим не заплямувати це ім'я. Офіційно повернути собі старе я не можу, та й не хочу. Микола Майський помер від тифу у Соловецькому таборі десять років тому.

— Чекайте... Чому Микола? Адже вас звати Віктор?

— Так мене назвали батьки, коли всиновили. Я сам попросив їх дати мені нове ім'я — Григорієм я називатися не смів, бо, як я вже казав вам, у мене й гадки не було зайняти його місце. Батько вибрав мені ім'я Віктор — переможець; він каже, що я у своєму житті здобув перемогу.

— Чому ж ви не залишились Миколою?

— Бо Микола Майський помер і я не хочу мати з ним нічого спільного. Справа тут не у тяжкому минулому, яке хочеться забути; у цьому є певний духовний сенс. Адже я звернувся до Бога майже відразу після того, як врятувався від розстрілу. Вам буде легше зрозуміти це і все інше, коли ви прочитаєте книги, які я вам дав.

Я подивилася у вікно і з подивом виявила, що вже настав вечір. Я не думала, що засиджуся до вечора, і не попередила вдома, куди пішла, тому треба було якнайшвидше повертатися. Віктор узяв мої книги і, хоча будинок наш був всього за кілька кроків, провів мене до самих дверей.

— Ти була з Віктором?! — накинулася на мене мама, тільки-но він пішов. — І думати про нього не смій, чуєш? Знаєш, ЩО я щойно дізналася?! Він *сидів!*

У будь-який інший час я б тут же на неї спалахнула за таке безцеремонне втручання в моє особисте життя — але зараз, після цієї незбагненної розповіді, яку я щойно чула, щось у мені стало іншим, і я тільки сказала:

— Заспокойся. Я в нього не закохана, ми з ним не зустрічаємося і взагалі нічого подібного немає. Просто я позичила кілька книг для своїх занять.

За кілька тижнів ми поїхали до Києва. Я віддала Віктору книги, які все прочитала, не відриваючись. Сидячи в машині, я думала про іспит, що відбудеться на наступному тижні. Тепер я його не боялася. Я знала, що скажу професорові. Я не розповідатиму йому про «міфічного Христа, який нібито прийшов на землю» — я розповім йому про те, як Ісус Христос, єдиний Син Бога, добровільно пішов на хрест, віддав своє життя за грішних людей, щоб дати їм шанс звернутися до Бога.

# ОКО ЗА ОКО

Сонячного червневого ранку в невеличку кав'ярню в одному зі старих київських провулків зайшов добре одягнений молодик, тримаючи під пахвою пачку газет. Симпатична дівчина-продавщиця посміхнулася відвідувачу, наслідуючи західних продавців, яких їй показували в навчальному відеоролику, але вийшло кепсько: було надто добре видно, що вона посміхається тому, що їй так наказано і що їй за це платять. Парубок не відповів на платну посмішку; він глянув на дівчину серйозними сірими очима і замовив собі чашку кави.

— Тістечка чи бутерброд не бажаєте? — Поцікавилася дівчина, продовжуючи сумлінно виконувати інструкції. — У нас все дуже свіже.

— Ні, дякую.

Отримавши свою каву, молодик мовчки розплатився, пішов за найдальший столик і заглибився в газети, лише зрідка відпиваючи з чашки. Очевидно, його цікавили якісь конкретні повідомлення чи новини — перегортаючи один за одним великі газетні аркуші, він уважно переглядав заголовки, немов щось шукав, причому незмінно розпочинав свої пошуки з останньої сторінки. «Любить, напевно, читати оголошення та хроніки подій», — розмірковувала дівчина-продавщиця, яка знічев'я спостерігала за відвідувачем. Тим часом якась стаття привернула увагу молодика. Він відставив чашку, обличчя його набуло зосередженого виразу. За кілька хвилин він вийняв із внутрішньої кишені авторучку і обвів у газеті якесь місце. Дівчині стало цікаво. Вона навіть хотіла визирнути з-за стійки і постаратися визначити, яку газету він читає, але тут у кав'ярню зайшли інші відвідувачі, почали замовляти, і дівчині довелося забути про хлопця.

Він же продовжував дивитися в газету, щось міркуючи і в роздумах граючись авторучкою. Дівчина не помилилася: обведена ним невелика статейка знаходилася у розділі кримінальної хроніки та називалася «Сафарі в "Сафарі"». Там говорилося про надзвичайну подію, що сталася минулої ночі в бердянському зоопарку: невстановлена п'яна компанія увірвалася на джипі до парку і відкрила стрілянину по беззахисних тваринах; результатом цієї дикої забави виявилася загибель п'ятнадцяти кенгуру. Поруч із статтею була фотографія, що закарбувала мертві тушки тварин; біля них стояли вражені співробітники зоопарку. Одна із жінок плакала, закривши руками обличчя. Нижче наводилися слова директора зоопарку: «Не уявляю, ким треба бути, щоб зробити таке. Підняти руку на цих довірливих, лагідних істот — те ж саме, що підняти руку на дитину...»

Щось прикинувши, молодик, певне, прийняв рішення. Він звернув газети і вийшов, залишивши на столі недопиту чашку кави. Він вийшов надвір, вийняв мобільний телефон і набрав якийсь номер.

— Доброго дня, — на ходу заговорив він. — Мені потрібний квиток до Бердянська на найближчий рейс... Ціна значення не має, головне, щоб це було сьогодні... Так-так... Моє прізвище Лазаренко, Володимир Петрович Лазаренко... Так, цілком, мене це влаштує. Дякую. Я під'їду десь за годину.

Продовжуючи швидко крокувати тротуаром, він натиснув пару кнопок і набрав інший телефон.

— Доброго дня, я хотів би забронювати одномісний номер... ні, з сьогоднішнього числа... Тільки «люкси»?.. Хм, «люкс» мені, звичайно, ні до чого — ну та гаразд, що робити. Так, бронюйте. Мене звуть Вольський Аркадій Миколайович... Так, із сьогоднішнього... На тиждень...

За кілька годин молодик, який назвався спочатку Лазаренком, а потім Вольським, сідав у літак. Якби допитлива дівчина-продавщиця могла поглянути на нього зараз, вона б вкрай здивувалася — якби, звичайно, зуміла дізнатися свого ранкового відвідувача: волосся його дивним чином потемніло і навіть, начебто, стало довшим; очі з сірих стали карими, а на обличчі з'явилися дбайливо доглянуті вуса та борідка. Інші пасажири, здебільшого відпускники, навантажені непідйомними валізами, з подивом поглядали на цього дивака, який їхав до Бердянська лише з дипломатом та невеликою спортивною сумкою.

Літак Київ-Бердянськ прибув точно за розкладом. Молодий чоловік з трохи старомодною борідкою та вусами, що робили його схожим на Агатангела Кримського, одним із перших покинув салон, вийшов з аеропорту та взяв автівку до готелю «Вілла Літо» (чим викликав особливу повагу шофера). Там він швидко зареєструвався і піднявся до свого номера, звідки, втім, незабаром і вийшов, переодягнувшись у строгий діловий костюм. Таксисти, що скучили біля готелю, пожвавилися і поспішили йому назустріч, відчуваючи хорошого клієнта і навперебій пропонуючи свої послуги. Проте, молодик лише зневажливо посміхнувся і пройшов повз. Дійшовши до найближчого перехрестя, він, дотримуючись якоїсь своєї внутрішньої логіки, підняв руку і зупинив старенького запорожця.

— До зоопарку.

— Мені взагалі не по дорозі... — нерішуче промовив літній водій.

— Я добре заплачу, — пообіцяв хлопець.

Водій подумав.

— А «добре» це скільки?

— Скільки скажете.

Шофер окинув його недовірливим поглядом, але, мабуть, розсудив, що приїжджий у гарному костюмі та з дипломатом справді може заплатити «скільки скажуть».

— Гаразд, сідай.

Молодий чоловік опустився в крісло і зачинив дверцята.

— До зоопарку, значить? — обережно поцікавився водій, не знаючи, чи в настрої пасажир розмовляти.

— Так. Якщо можна, то швидше.

— Можна, чого ж не можна... А чув, що в нас у зоопарку було?

— Чув, — стримано кивнув юнак. — У газеті читав.

Водій похитав головою.

— Що коїться!.. Ото мерзотники, е? І нічого їм за це не буде!

— Як знати... — задумливо промовив пасажир, дивлячись у вікно.

— Та чого тут знати? — обурився водій. — Що ти, хлопче, з місяця звалився? Не знайдуть їх, звісно! Та якби й знайшли, все одно їм нічого не було б! Таким закони не писані...

— Яким «таким»?

— Та цим...

Водій осікся і замовк. Він хотів сказати «Та цим, так їх растак, нуворішам», але раптом зрозумів, що пасажир його може належати до тієї ж породи.

— Та цим... На джипах...

— Це правда, — несподівано погодився юнак.

Водій відразу перейнявся до нього симпатією і в барвистих висловлюваннях розповів усе, що думав про нуворишів, які забудували своїми палацами все узбережжя і влаштовують такі п'янки, що «чортам на тому світі робиться гидко». Пасажир відповів слабкою усмішкою, але нічого не сказав; думки його, мабуть, були зайняті чимось іншим.

— А ви на відпочиваючого не схожі, — зауважив водій, вирішивши чомусь перейти на «ви». — По роботі до нас?

— Так... — не одразу озвався юнак; було ясно, що звірятися він не має наміру.

— Добре, що хоч хтось працює, — зітхнув водій. — А то в нас, як на мене, скоро всі тільки торгуватимуть та грабуватимуть... Ну що — приїхали. Он він, зоопарк.

— Дякую. Скільки я вам винен?

Водій подумав, подивився на всі боки і махнув рукою.

— А заплати, скільки не шкода. Не вмію я з людей гроші бити...

— Ну, ось вам за це. — І молодик виклав п'ятдесят доларів.

— ...Та ти що, хлопче?! — ахнув старий, злякано дивлячись на зеленуватий папірець, що в його очах дорівнював цілому маєтку. — Це ж... То скільки на наші гроші? Декілька моїх пенсій!

Пасажир нічого не відповів і вийшов. Старенький запорожець довго не рушав з місця — доки молодик з дипломатом не зник за воротами парку.

— Доброго дня, я хотів би поговорити з директором зоопарку, — звернувся він до одного з працівників, що йшов з великою коробкою в руках.

Той невдоволено скривився.

— Ви репортер?

— Ні.

— Добре, якщо не брешете... Набридли вони нам.

— Я розумію. Я насправді не репортер, у мене справа.

Працівник неохоче показав рукою:

— Он дирекція...

— Дякую.

Молодий чоловік увійшов у присадкуватий будинок, швидко відшукав кабінет з табличкою «Директор», постукав і обережно прочинив двері.

— Можна?

Сивуватий чоловік, що сидів за столом, зі стомленим обличчям підняв голову, і в очах його відбилося легке роздратування.

— Не хвилюйтеся, я не репортер, — додав юнак.

Директор пом'якшав і зробив запрошуючий жест.

— Тоді заходьте. Сідайте, розказуйте, із чим прийшли. Тільки... ви, напевно, знаєте про те, що у нас трапилося, так що зрозумійте мій стан...

— Дякую. — Молодий чоловік пройшов до кімнати, поставив дипломат і опустився на стілець. — Я саме з цього питання. Мене звуть Аркадій Вольський; я займатимусь розслідуванням вашої справи і дуже сподіваюся на вашу допомогу.

Директор спантеличено глянув на нього.

— Але до нас уже приїжджала міліція... І, м'яко кажучи, не виявила особливого ентузіазму...

— Я не маю відношення до міліції, — усміхнувся відвідувач. — Я приватний детектив і представляю інтереси приватної особи.

Директорові знадобилося кілька секунд, щоб осмислити почуте.

— Хіба... у нас є приватні детективи? — розгублено спитав він.

Молодий чоловік знову посміхнувся.

— У нас тепер є все... Окрім загальної людської культури, зрозуміло.

— Не можу з цим не погодитись, — розгублено кивнув директор, усе ще намагаючись щось збагнути. — Особливо після того, що у нас тут сталося... То ви кажете, що збираєтеся проводити розслідування?

— Так, якщо ви дозволите і допоможете мені. Адже, наскільки я можу судити, зоопарк у цьому зацікавлений? Міліція, як ви самі сказали, не виявила особливого запалу; злочинців швидше за все не знайдуть, і їм нічого не буде... Моє незалежне розслідування може стати єдиною можливістю відновити справедливість. Ви згодні?

— Це було б чудово... але... — директор зам'явся. — Адже ваші послуги коштують гроші... а ми — самі розумієте...

Загадковий відвідувач зробив невиразний жест рукою.

— Про це не турбуйтеся, мої послуги вже оплачені.

Щоб прийти до тями цього разу, директору зоопарку знадобилося близько хвилини.

— ...Оплачені? ...Ким?

— На жаль, цього я не можу сказати: приватна особа,

яка мене запросила, побажала залишитися невідомою.

— Дивно як... — Директор відкинувся на спинку крісла, продовжуючи розгублено дивитися на хлопця. — А навіщо їй це потрібно, оцій особі?

Відвідувач знизав плечима.

— Щодо цього я можу тільки висловити свої припущення. Ймовірно, йому, як і нам з вами, стало зрозуміло, що від міліції толку не буде — і захотілося втрутитись, та й кошти дозволяють. Свого роду благодійність, якщо бажаєте.

Директор підвівся і пройшовся кабінетом.

— Оце ж тобі справи... Хто б мені таке розповів — нізащо не повірив би... І ви кажете, нам це нічого не коштуватиме?

— Абсолютно, — підтвердив юнак. — Я тільки заберу у вас деякий час і попрошу вас та ваших співробітників не розголошувати того факту, що тут проводиться приватне розслідування. Це пов'язано зі специфікою моєї роботи.

— О, ясна річ... Якщо хочете, про це не знатимуть навіть співробітники.

— То навіть краще, — кивнув детектив. — Правда, з деякими з них мені, мабуть, доведеться поговорити... Але якщо решта нічого не знатиме, то навіть краще.

Він нахилився та взяв дипломат.

— Отже, почнемо, якщо ви не заперечуєте?

— Так, звичайно, — схаменувся директор. — Спершу, мабуть, треба все це якось оформити? Підписати папери... Ви вибачте — мені ніколи не доводилося мати справу з приватними детективами, я про них лише у книжках читав...

— Жодних паперів, — заперечив відвідувач, відкриваючи дипломат і виймаючи крихітний портативний комп'ютер. — План бюрократії в нашій країні й так уже перевиконано на сотню років уперед...

Він увімкнув комп'ютер і швидко натиснув кілька кнопок. Директор із цікавістю спостерігав за його діями.

— А скажіть... Що робитиме ця приватна особа, коли отримає результати розслідування? Передасть їх до міліції?

— Цього я не можу вам сказати, — промовив молодик, не відриваючи очей від екрану. — Мій клієнт потребує повної конфіденційності. Можу лише запевнити вас, що це досить серйозна людина, і злочинці отримають своє... Ну що ж, почнемо: я ставитиму вам питання, а ви зберіться і намагайтеся нічого не упустити. Коли приблизно все це сталося, о котрій годині?

— На початку третьої ночі.

— Як ви це встановили?

— За словами нічних сторожів.

— Скільки їх?

— Двоє.

— Вони бачили злочинців?

— Так, але що з того? Темно було, а ті ганяли на джипі.

Детектив продовжував зосереджено і швидко ставити запитання, відразу заносячи відповіді в комп'ютер.

— Прізвища сторожів?

— Костюк і Філінська.

— Чи можу я їх бачити?

— Загалом вони зараз удома, але можна викликати...

— Так, будь ласка, якщо це зручно. Якщо ні, дайте адресу, я сам зайду до них. Хтось із співробітників був у той момент у зоопарку?

— Боюся, що ні.

— Місце злочину вже прибрали?

Директор винувато розвів руками:

— Ми ж не знали, що після міліції прийдете ви...

— Розумію, — кивнув юнак. — Проте я все ж таки хотів би його оглянути.

— Авжеж, звичайно, будь ласка...

Директор проводив детектива до великого вольєра, де зовсім недавно безтурботно бавилося сімейство кенгуру, а сам повернувся до себе в кабінет, щоб зателефонувати нічним сторожам Філінській та Костюкові. Повернувшись до вольєра, директор побачив, що детектив не марнував часу і зумів уже дещо виявити: молодик сидів на лавці, тримаючи в руках пляшку від пива, і акуратно знімав з неї відбитки пальців.

— Чому ви вирішили, що це лишили злочинці? — Зацікавився директор.

— Це поки що тільки припущення, — озвався юнак. — Засноване на тому, що прості смертні рідко п'ють імпортне пиво «Корона», тим більше так, на ходу, у зоопарку. Погодьтеся, що пиво «Корона» значно більше в'яжеться з автомобілем «Джип».

Директор підійшов ближче і глянув на пляшку.

— А знаєте, ви, здається, маєте рацію. Таку саму знайшла і наша прибиральниця — он там, у траві, якраз де були сліди коліс.

— Де зараз ця пляшка?

Директор знову розвів руками.

— Боюся, що в контейнері для сміття... Втім, є ще невелика надія, можна перевірити. Я зараз.

Він швидко розшукав прибиральницю, яка, на щастя, не встигла викинути дорогоцінну пляшку.

— Ви брали її голими руками? — спитав детектив.

— Спочатку ні, — озвалася жінка. — Тому що я спочатку її хотіла міліції віддати, думала, там відбитки. А міліція не взяла, та ну, каже, як довести, що це кинули злочинці? Її, можливо, кинув хтось ще два тижні тому. Ну і все. Я тоді взяла її — ось тут, за шийку, та й викинула у відро... Я ж не знала...

— Нічого страшного, — заспокоїв її юнак. — Тільки мені тепер доведеться взяти у вас відбитки пальців, щоб відрізнити їх від пальців злочинців. Ви дозволите?

— Звичайно, про що тут мова! — Очі жінки сповнилися раптом сльозами. — Тільки ви, будь ласка, знайдіть цю сволоту... Це ж треба... Якби ви тільки бачили...

Вона схлипнула і відвернулася.

Молодик на мить відірвався від роботи:

— Не турбуйтеся. Знайду. Нікуди вони від мене не дінуться.

За півгодини він вже розмовляв зі сторожами, увімкнувши невеликий диктофон. Заінтригований директор стояв поруч, кинувши усі справи.

— Розкажіть мені, як все було, — запропонував детектив. — Тільки, будь ласка, з усіма подробицями.

— Години о другій, отже, почули ми шум і постріли, — зосереджено почав Костюк, кволий пенсіонер, як і більшість нічних сторожів у державних установах. — Ми й подумати не могли, що це тут, у нас! Вирішили, що, може, на стоянці якісь розборки...

— А потім чуємо, — вступила Філінська, — звірята бідні кричать, заходяться! Вискочили ми — а там таке!..

Вона сердито махнула рукою і замовкла.

— Я розумію, що вам важко згадувати, — терпляче кивнув детектив. — Давайте допоможу вам запитаннями. Ви встигли побачити, скільки було злочинців?

— Начебто четверо... — невпевнено промовив Костюк.

— Четверо, — підтвердила Філінська. — Двоє попереду та двоє на задньому сидінні.

— Ви впевнені?

— Звичайно! Я добре бачила.

— А номер автівки випадково не запам'ятали?

Бабця похитала головою:

— Ні, синку...

— А ви?

Але Костюк тільки розвів руками.

— Ну а хоча б колір? Чи не розглянули?

— Та який там колір! Вночі всі автівкі чорні.

— А їхні голоси, говір? Як на слух — місцеві чи приїжджі?

— Ні, не місцеві, — в один голос промовили сторожі. — З Києва, столичні...

— Так... — Детектив зробив якусь помітку на комп'ютері. — Ходімо далі. Хто із них стріляв?

— Ті, що сиділи попереду. Водій та інший, що поряд.

— Тільки ці двоє?

— Так. Задні тільки іржали та матюкалися.

— А рушниць скільки було, одна чи дві?

— Дві! У кожного мерзотника своя...

— Так... Скільки часу все тривало?

Сторожі замислились.

— Хвилин п'ятнадцять, не більше, — повідомив нарешті Костюк. — Ми вискочили, закричали, я в свій свисток засвистів... Та що толку? Вони аж зраділи, заржали — іди, кажуть, дідусю, сюди, ми й у тобі дірок наробимо!.. Добили звіряток, газонули й умотали, тільки курява до неба.

— І ніяких зачіпок... — зітхнув директор.

Детектив нічого не відповів на це зауваження та продовжував роботу.

— Скажіть, чи ви бачили їхні обличчя? Хоч би когось?

— Ще б пак! — впевнено кивнула Філінська. — Я бачила обох, хто стріляв! Мордати такі, щоб їх... Якби фотографії були, я б дізналася.

— Фотографій, як ви розумієте, у мене поки що немає, — зауважив молодик. — Але з вашою допомогою будуть — якщо ви пам'ятаєте обличчя злочинців досить добре, щоби скласти фоторобот.

— Це коли до морди очі й носи підбирають? — Уточнив Костюк.

Детектив усміхнувся.

— Саме. Спробуємо?

— А чого б не спробувати...

Молодий чоловік пересів ближче до сторожів і, розгорнувши до них комп'ютер, запустив спеціальну програму.

— Дивіться на екран, а я підбиратиму варіанти. Почнемо із водія. Спочатку овал обличчя.

— Та який там овал! — палко заперечив Костюк. — Решето! Широченна така пика!

Детектив натиснув кілька кнопок; на екрані з'явився напівкруглий контур.

— Така?

— Ні. Ширше!

— Така?

— Ну... майже.

— Так. Добре. Ідемо далі: стрижка коротка? Такого типу?

— А звідки ви знаєте?

— Зараз багато хто так стрижеться... у певних колах... — Детектив зафіксував отримане зображення. — Тепер очі. Згадайте, які в нього були очі?

— Нахабні! — одностайно заявили сторожа.

— Не сумніваюся, — знову посміхнувся хлопець. —

Тільки мене зараз цікавить інше: великі чи маленькі, широко розставлені чи ні, розумієте? Ось, наприклад, такі... схожі?

Через кілька хвилин сторожі збагнули, що від них потрібно, і навіть, здається, добрали смаку. Справа пішла на лад: зображення на екрані набуло носа, брови та губи. Філінська, яка кілька хвилин дивилася злочинцеві прямо в обличчя, запам'ятала його досить добре, і тепер хотіла добитися досконалої схожості.

— Брови не так, а вище, — казала вона. — І ось тут ніби складка...

Детектив слухняно вносив зміни, додавав, прибирав та рухав деталі. Директор зоопарку захоплено спостерігав за його роботою.

— Спритно у вас виходить!

— Ось тепер дуже схоже, — порадившись, вирішили сторожа. — Прямо майже фотографія.

Другий фоторобот був складений ще швидше за перший. Лисуватого і курносого хлопця, що сидів поруч із водієм, чудово запам'ятав Костюк — саме цей тип продовжував вигукувати старому образи і навіть вистрілив один раз у його бік. Злочинців, що знаходилися на задньому сидінні, сторожі розгледіли гірше — пам'ятали тільки, що один із них був обритий наголо, а в іншого, навпаки, був зав'язаний ззаду хвостик.

— Виходить, ці двоє не стріляли? — Ще раз уточнив детектив.

— Самі ні, але репетували і свистіли ще голосніше тих, перших. Підбурювали.

Молодий чоловік кивнув, заносячи щось у комп'ютер, і спитав як би між іншим:

— Тобто, вважаєте, брали участь нарівні? Чи заслуговують на поблажливість, як ви думаєте?

Сторожі задихнулися від обурення:

— Та якої ж ще поблажливості, добродію?! Ви що це, не хочете їх шукати?! Ні, ви вже будьте ласкаві! Ви...

Молодий чоловік підняв руку, зупиняючи цю хвилю народного гніву:

— Не хвилюйтеся, будь ласка, я дістануся до всіх чотирьох. Просто мені хотілося знати вашу думку. А тепер подумайте гарненько, згадайте: може, ви можете повідомити мені ще щось? Будь-яка дрібниця може виявитися дуже важливою.

Сторожі замислилися, подивились один на одного.

— Так, ось що, — раптом згадав Костюк. — Вони, коли виїжджали, добряче гепнулись об огорожу... правим, здається, крилом...

— Так, точно, — кивнула Філінська. — Як це я забула?

Детектив ухопився за цю інформацію:

— Вдарилися правим крилом, кажете? Отже, повинен залишитися слід... — Він повернувся до директора зоопарку: — А ви кажете ніяких зачіпок. Досить чіткі фотороботи, дуже пристойні «пальчики» двох із чотирьох злочинців, джип із подряпиною на правому крилі... Зовсім навіть непогано.

— Так, але...

Директорові було дуже незручно заперечувати: цей приватний детектив, що звалився з неба, а ще й таємничий клієнт-благодійник, що стояв за ним, викликали в нього щире захоплення, майже навіть внутрішнє благоговіння — проте в успіх розслідування йому все ж таки якось не вірилося.

— Але ж вони вже могли замазати цю подряпину...

— Тим краще, — кивнув детектив. — Замазувати її

самі такі люди не стануть — отже, мені залишається лише навести довідки у місцевих автосервісах, причому навіть не у всіх, а лише у центральному чи просто найдорожчому. Який тут вважається найкращим?

— ...«Кречет», — не відразу відповів директор, дивуючись такому простому і швидкому рішенню. — Там у нас ремотнуються різні... ну, братки і взагалі... ви розумієте.

— Розумію, — озвався молодик, вимикаючи комп'ютер. — Тепер, якщо можна, я хотів би обстежити огорожу, об яку вдарився джип, і трупи тварин.

Уважно оглянувши невисоку металеву огорожу, детектив акуратно зняв пінцетом якусь маленьку темну лусочку.

— Фарба? — здогадався директор зоопарку, який не відходив від нього ні на крок.

— Автомобільна фарба, — підтвердив юнак. — Чорного кольору. Коло звужується.

Пройшовши за директором у приміщення, де лежали загиблі тварини, детектив одягнув рукавички та спеціальними хірургічними щипчиками акуратно витяг першу кулю.

— Вінчестер... — тихо промовив він, зваживши її на долоні, і пояснив, відповідаючи на запитання директора: — Мисливська рушниця іноземного виробництва.

— Дорога? — поважно поцікавився директор.

Детектив знизав плечима.

— Це дивлячись як дивитися... Не дешева, звісно, але й не найкрутіша. Не більше п'яти тисяч, навіть за наших божевільних накруток.

— П'яти тисяч *доларів*?! — здивувався директор.

— Їх самих... зелених та хрустких.

Директор зоопарку, який усе життя просидів на жалюгідній бюджетній зарплаті, примовк на якийсь час, намагаючись осмислити почуте, потім наївно запитав:

— Невже ще й дорожчі бувають?

Детектив трохи посміхнувся і повідомив, продовжуючи обережно витягувати кулі:

— Вартість колекційних рушниць обчислюється десятками тисяч... тих самих доларів.

— Ну, вже... — засумнівався директор. — То за що ж такі гроші? Чи вони цілком із золота?

— Не цілком, але, наприклад, із інкрустаціями.

— І вам... доводилося бачити такі рушниці?

— Доводилося, — кивнув детектив. — За родом моєї роботи мені іноді трапляється бувати у досить забезпечених людей.

Він відповідав чемно, але сухо і стримано, ніби побоюючись сказати зайве, і директор зоопарку врешті-решт перестав ставити запитання, хоча їх у нього було багато — наприклад, дуже хотілося дізнатися, хоча б приблизно, скільки коштують послуги детектива, і чи часто випадають йому такі «благодійні» замовлення.

— Ну що ж, — сказав молодик, знімаючи рукавички. — Я, здається, з'ясував усе, що хотів. Велике вам спасибі за допомогу, і вибачте за відібраний час.

— Що ви, які вибачення... — поспішно промовив директор. — Це вам спасибі!..

— Ну, мені вам дякувати нема за що, — заперечив детектив. — Я лише роблю свою справу. До побачення.

Він закрив дипломат і хотів уже йти, але директор зоопарку зробив крок за ним:

— Зачекайте, а... як нам з вами зконтактувати?

Молодий чоловік обернувся, на його обличчі відобразилося легке здивування.

— Боюся, вийти на зв'язок зі мною буде досить складно,

я буду зайнятий розслідуванням... А що ви хотіли? Хіба я вам потрібний для чогось ще?

— Але ж як... — розгубився директор. — А результати розслідування? Хіба ви нам їх не повідомите?

Детектив усміхнувся.

— Я думаю, в цьому не буде потреби: ви незабаром дізнаєтесь про них із газет.

На другий день до станції сервісного обслуговування «Кречет» плавно підкотила біла «Тойота», з якої вийшов високий блондин у дорогому закордонному костюмі та трохи затемнених окулярах, зовсім не схожий ні на детектива Аркадія Вольського, ні на відвідувача московського кафе — хіба лише виразом очей, серйозним та безвиразним.

— Доброго дня, — з легким іноземним акцентом звернувся він до механіка, що вийшов назустріч. — Ні-ні, дякую вам, з моєю авто все гаразд... але в мене буде до вас велике особисте прохання... за яке, якщо ви мені допоможете, я добре заплачу.

Який механік не знає простої істини: «де акцент — там валюта»?.. Знав її і цей товстий хлопець у замасленому комбінезоні, а тому, глянувши на всі боки, кивнув і запросив відвідувача зайти до контори.

— Я потрапив у досить неприємну ситуацію, — почав іноземець; говорив він чисто і правильно, але все одно було відразу видно, що українська мова для нього не рідна. — Кілька днів тому я ненароком стукнув чорний джип... господар якого виявився... солідною людиною. Ви розумієте?.. Він зажадав із мене певну суму... яку я готовий заплатити, бо досить давно живу в Україні та розумію... але в мене не було з собою таких грошей. Тоді ця людина забрала у мене важливі документи і сказала, що поверне їх, коли я заплачу гроші... і поїхав, не залишивши мені адреси! Він був сильно п'яний.

Механік слухав, не перебиваючи і намагаючись не виказати свого зростаючого інтересу.

— Тепер я намагаюся його знайти, — вів далі іноземець, — щоб віддати гроші та повернути мої папери, вони мені дуже потрібні... Коротше кажучи: не могли б ви для мене з'ясувати, чи не звертався сюди господар чорного джипа, щоб зафарбувати подряпину на правому крилі?

Механік задумливо втупився убік, нібито щось тямлячи, але швидкоплинна зміна у виразі обличчя видала його з головою: проникливий іноземець, який не зводив з механіка очей, зрозумів, що влучив у ціль: цей хлопець бачив тут чорний джип і чимало не сам його обслуговував, а тепер намагається набити ціну.

— Загалом з'ясувати можна... — неохоче промовив механік. — Хоча, звичайно, складно... Клієнтів у нас багато, доведеться всі записи перевіряти за кілька днів...

— У скільки б ви оцінили таку роботу? — спитав навпростець іноземець.

Якийсь час механік мучився сумнівами, боячись продешевити і водночас побоюючись запропонувати надто багато. Він хотів би, щоб відвідувач назвав свою суму, але той, мабуть, не збирався цього робити.

— Ну... доларів п'ятдесят, — нарешті ризикнув механік.

Іноземець не впав і навіть не витріщив очей; він, мабуть, справді жив в Україні досить давно.

— Давайте домовимося так: двадцять п'ять доларів, якщо цієї автівки тут не було, і п'ятдесят — якщо була і якщо ви даєте мені ім'я та адресу власника. Згодні?

— Окей, — кивнув механік, який любив іноді ввернути

це слівце, що здавалося йому конче ефектним; проте, цього разу воно чомусь викликало у співрозмовника усмішку.

Механік запропонував відвідувачу почекати у своєму авто, а сам вирушив шукати потрібну інформацію. Повернувся він незабаром; ймовірно, перевіряти всі поточні записи йому не було потрібно.

— Вам дуже пощастило, — повідомив він іноземцю, простягаючи папірець із виписаною адресою. — Ця машина справді була у нас. Власник ще замовив собі рідину для протирання скла, з доставкою додому, тож у нас є прізвище та адреса: якийсь Шклярук, селище Азовське, будинок двадцять п'ять.

— Чудово, — без особливих емоцій промовив іноземець, ніби був упевнений в успіху і не зрадів. — Ось ваші гроші, дякую.

Механік віддав йому адресу, взяв нову купюру та сховав у кишеню комбінезона.

— Щось ще?

— Ні, дякую вам... Хоча, у мене, здається, теж закінчилася рідина для шибок. У вас є імпорт?

Механік з гідністю пристосувався.

— Ми совдепівського товару не тримаємо. Ну місцевого, тобто, — пояснив він, припустивши, що іноземець може не знати цього слова. — Ви віддаєте перевагу чомусь?

— А хіба у вас є великий вибір? — недовірливо спитав відвідувач.

— Звісно. Не гірше, ніж у Києві. Вам принести каталог, зразки?

Іноземець подумав, подивився на годинник.

— У мене не так багато часу... Давайте те саме, що замовив цей чоловік, Шклярук. Наскільки я можу судити, він не братиме будь-якого мотлоху.

Через пару годин у ворота будинку номер двадцять п’ять постукав хлопець у синьому робочому комбінезоні і такій же синій кепці, насунутій на очі. У руках він тримав непрозорий пакет та якісь папери.

За воротами почулися кроки; хтось вийшов на стукіт, але не поспішав відкривати.

— Хто? — спитав хриплуватий чоловічий голос.

— Фірма «Кречет», служба доставки, — відрапортував хлопець. — Привіз ваше замовлення.

Невеличка хвіртка поряд з брамою відчинилася, і звідти виглянув неголений молодий чоловік із затягнутим у хвостик волоссям.

— Яке ще там замовлення?

— На ім’я пана Шклярука, — повідомив кур’єр.

Чоловік відвернувся і крикнув кудись:

— Санько! Чуєш, Санько? Ти щось замовляв у «Кречеті»?

— Замовляв, вони вчора все привезли, — почулося у відповідь. — А чого таке?

— Та тут ось пацан ще чогось припер. Йди сюди, розберися!

Щось жуючи, до хвіртки підійшов здоровий, опецькуватий хлопець, як дві краплі води схожий на складений детективом Вольським фоторобот водія Джипа.

— Ну шо? — недбало поцікавився він.

— Здрастуйте, — привітався кур’єр. — Я привіз ваше замовлення, рідину для протирання скла.

— А на хріна ти її привіз? — байдуже спитав Санько, продовжуючи жувати. — Мені вже вчора привезли, а мені більше не треба.

— Як же так? — розгубився кур’єр і зазирнув у свої папірці. — Ось у мене тут усе вказано: селище Азовське, будинок двадцять п'ять, пану Шклярукові... Рідина для скла, прохання доставити додому, замовлення оплачене... Може, я щось наплутав? Ви вибачте, я тільки другий день працюю... То ви кажете, вам уже доставили це замовлення?

Але Санько та його друган схопили чарівні слова: «замовлення оплачене» — і заковтнули наживку. Обмінявшись швидкими поглядами, вони зрозуміли один одного без слів: гріх не скористатися помилкою бовдура-кур'єра, який притягнув вдруге вже отримане та оплачене замовлення...

— Стривай... — Санько наморщив чоло, вдаючи, що згадує щось, насправді ж намагаючись щось терміново вигадати. — На чиє ім'я, кажеш, замовлення?

— На ім'я пана Шклярука, — повторив кур'єр.

— А! Ну, отже, вчора це Віткін привезли. Адже ще Вітька собі замовляв, пам'ятаєш? — звернувся він до хлопця з хвостиком.

— Так, точно! — охоче підтвердив той.

Санько простяг руку за пакетом:

— Давай сюди.

Важко сказати, чи повірив їм бовдур-кур'єр, чи просто побоявся перечити, але він без єдиного слова віддав пакет.

— Будь ласка. Тільки розпишіться ось тут, що отримали.

Санько узяв запропоновану кур'єром товсту глянсову авторучку і накреслив щось у квитанції.

— Ну що, це все?

— Все. — Кур'єр забрав у нього папір та ручку. — Дякую, до побачення.

— Бувай здоров.

Санько зачинив хвіртку, і наступної секунди через паркан почувся його приглушений голос:

— От йолоп!

«Йолоп» насмішкувато посміхнувся і попрямував до свого запорожця, припаркованого неподалік.

За годину детектив Аркадій Вольський, сидячи у своєму номері в «Віллі Літо», акуратно знімав відбитки пальців із авторучки, якою розписувався Санько. Відсканувавши відбитки, детектив запустив спеціальну комп'ютерну програму, яка одразу ж видала результат: ці відбитки збігаються з тими, що проходять у нього у справі «Зоопарк».

— Що й треба було довести, — байдуже промовив детектив; йому, мабуть, були не дуже цікаві такі справи. — Зайва формальність, але...

Ближче до вечора того ж дня літній художник встановив свій мольберт у підозрілій близькості від двадцять п'ятого будинку. Натхнення, мабуть, ніяк не приходило до цього служителя мистецтва: малював він мало, більше зосереджено і задумливо дивився на полотно — а може, повз полотно... Відпочиваючі, що проходили повз нього, не помічали художника і не заважали йому: буйна південна рослинність надійно приховувала його від цікавих очей. Не помітили його і четверо пасажирів чорного джипа, що виїхав близько восьмої години з воріт будинку номер двадцять п'ять. Художник же їх не тільки помітив, але й уважно розглянув усіх чотирьох: коротко стриженого щокастого Санька, його неголеного друга з хвостиком на потилиці, потім ще кирпатого лисуватого хлопця, і ще одного, обритого наголо.

— Так я й думав, — тихо промовив художник. — Одна компанія, і живуть усі разом. Це дуже спрощує справу.

На півдні темніє рано та швидко. Більшість відпочиваючих не звертає на це уваги і продовжує гуляти, багато хто ходить купатися. Селище Азовське не поспішало відходити до сну; у вікнах горіло світло, звідусіль чулися голоси, сміх і музика, долинав запах диму та шашликів. Ніхто не помітив, як якась людина вибралася з придорожніх кущів і чорною тінню перемахнула через паркан двадцять п'ятого будинку.

Поступово звуки стали стихати; люди поверталися з купання, гасили вогнища, вимикали музику. Непроглядна південна ніч нарешті вступила у свої права.

О третій годині повернулися неспокійні постояльці будинку двадцять п'ять — як завжди, п'яні як ніч, як завжди, голосно горланячи пісні і матюкаючись. Ніхто з сусідів не вийшов їх вгамувати — всі вже добре знали, що це не тільки марно, а й небезпечно. Ніхто не вийшов і тоді, коли в будинку пролунали рушничні постріли: один, два, три, чотири... Сусіди добре пам'ятали, як одного разу викликали міліцію, злякавшись таких самих пострілів; виявилося, що хлопці просто стріляли по консервних банках, і мордатий здоровань Санько брудно материв потім геть усіх, погрожуючи пристрелити всякого, хто посміє ще сунутися в їхні справи.

Чорна тінь безшумно вислизнула з воріт двадцять п'ятого будинку і зникла у придорожніх кущах.

Другого дня детектив Аркадій Вольський здав ключі від свого номера, розплатився, ввічливо попрощався з адміністраторкою і, підхопивши дипломат та спортивну сумку, вийшов із «Вілли Літо». Місцева мафія таксистів стрепенулась і потяглася йому назустріч; молодик хотів уже прийняти наполегливі запрошення одного з таксистів, але тут до нього нерішуче підійшов засмаглий хлопчик років десяти.

— Вибачте, будь ласка...

— Тобі чого треба, пацан? — Насторожилися таксисти. — Чуєш, провалюй!

— Ану, цить! — несподівано прикрикнув на них юнак і повернувся до хлопчика: — Чого тобі, хлопче?

Хлопчик уважно глянув на нього і сказав, понизивши голос:

— У мене до вас є справа.

Вольський глянув на годинник і швидко помізкував.

— Ну що ж, давай відійдемо, коли є справа... Тільки попереджаю: якщо ти торгуєш якоюсь поганню, це не до мене.

— Ні, я не торгую, у мене справді важлива справа, — промовив хлопчик, крокуючи за молодим чоловіком.

Вони пройшли до найближчої алеї і сіли на лавку.

— Ну? — не без іронії запитав Вольський.

— Скажіть... — невпевнено почав хлопчик. — Це не вас кілька днів тому підвозив старий на запорожці?.. До зоопарку? Ви йому ще багато грошей дали...

— Він хоче повернути здачу? — посміхнувся детектив.

В очах хлопчика раптом заблищали сльози; він шморгнув носом і відвернувся. Гарне обличчя Вольського враз стало серйозним.

— Ну, ну, не дури, хлопче. Говори, що сталося.

— Вони... побили дідуся... — ковтаючи сльози, видавив хлопчик. — І сказали, що... його автівку... підпалять...

— Хто? — Очі Вольського звузилися. — Та не реви ти! Козак ти чи ні?! Хто, я питаю?

Хлопчик люто витер сльози.

— Гади ці, таксисти! Вони бачили, що він вас повіз! І не повірили, що ви його самі, випадково зупинили! Розумієте? Вирішили, що він у них відбиває клієнтів! Розумієте?

— Розумію... — повільно промовив Вольський. — Тепер розумію...

— А ви... зараз їдете?

— Як ти мене впізнав? — спитав Вольський, не відповідаючи на запитання. — Дід зовнішність описав?

— Так, — кивнув хлопчик. — Іди, каже, може, побачиш там цю людину... Висока, добре одягнена, з бородою та вусами... Може, вона щось зробить... З міліцією вони, самі знаєте, всі пов'язані, гади ці... А ви їдете?

— Вже ні. Чи далеко дід живе?

— А ви хочете до нього їхати? — не повірив хлопчик.

— А як же? — здивувався молодий чоловік. — Як же я дізнаюся, хто саме його бив? Загалом, почекай-но ти мене тут; я тільки зайві речі залишу і повернусь.

Хлопчина все ще не вірив.

— ...Дійсно повернетесь? — помовчавши, спитав він.

— Раз обіцяв, то повернусь. Чекай.

Вольський не обдурив: повернувшись до готелю, він підійшов до столика адміністраторки, з якою щойно розпрощався, і повідомив, що у зв'язку зі зміненими обставинами змушений затриматися ще на один день. Отримавши ключ, він піднявся в номер, кинув на ліжко свою спортивну сумку і зателефонував до аеропорту, щоб змінити дату вильоту до Києва. Потім, підхопивши незмінний дипломат, молодик повернувся до хлопчика, який нетерпляче очікував його.

Не бажаючи набути нових неприємностей, Вольський вирішив їхати громадським транспортом. Після двадцяти хвилин трясіння в автобусі молодик і хлопчик вийшли, минули невеликий скверик, зайшли в обшарпаний під'їзд однієї з п'ятиповерхівок і почали підніматися сходами. На третьому поверсі хлопчик зупинився та задзвонив до однієї з квартир. Двері відчинила заплакана жінка похилого віку; побачивши Вольського, вона злякано скрикнула — мабуть, зрозуміла, хто це, і не знала, що робити.

— Ой, що ж це буде? — розгублено забурмотіла вона. — Петрику, ти привів... Проходьте ж, проходьте, будь ласка...

— Я ж казав, що знайду! — радісно повідомив хлопчик і, наважившись, потягнув Вольського за руку. — Ходімо! Це бабуся, а дідусь там, у кімнаті!

— Здрастуйте, — тихо сказав Вольський, заходячи до крихітної двокімнатної квартирки.

— Діду, я знайшов його, я привів! — кричав хлопчик, тягнучи за собою парубка. — Я ж казав, що знайду, казав же ж?!

Старий, що напівлежав на ліжку, повернув до них розбите обличчя. Вольський насилу впізнав його — але це був він, той самий водій-пенсіонер, який не вмів дерти з людей гроші...

Молодий чоловік підійшов і сів на край ліжка.

— Вибач, батьку, — тихо сказав він. — Це все через мене. Я мусив це передбачити.

Старий мовчав — довго, гнітюче, немов шукав і не знаходив слів.

— Гаразд, чого тепер... — заговорив він нарешті, не зважаючи на Вольського. — Та й яка тут твоя провина... Звідки тобі було знати, що так воно обернеться.

— Чим я можу допомогти? — спитав юнак. — Кажи, батьку, не соромся.

— Чим тут допоможеш... — Старий вперше підняв на нього очі. — Ти вибач, хлопче... сам не знаю, навіщо я Петрику наказав тебе розшукати... Ну справді — що ти можеш тепер зробити?

— Як це «що»? — обурено втрутилася раптом господиня, яка весь цей час стояла на порозі. — Як це «що», Михайле?

— Таня... — спробував спинити її чоловік.

— Та що, що «Таня»? — Жінка підсіла до Вольського, довірливо торкнулася його руки. — Ви його не слухайте, юначе, він завжди так — для інших усе зробить, а для себе нічого попросити не може. А ви, я бачу, людина хороша, з совістю...

— Таня! — наполегливо повторив старий.

— Ось бачите? — Виразно кивнула господиня. — Незручно, бачте, йому! А те, що мало не вбили, що без шматка хліба залишити погрожують — це зручно! Адже ми тільки автівкою його й харчуємося, пенсію майже не платять...

— Тетяно, припини цю мову! Ти ніколи такою не була!

Жінка спалахнула і хотіла щось відповісти, але натомість залилася раптом сльозами.

— Добре, батьку, — рішуче сказав Вольський. — Нічого не проси; я бачу, не звик ти до цього. Бачу і поважаю. Тому зроблю сам, що вважаю за потрібне — тільки ти, будь ласка, не противься і мені не заважай. А зроблю я дві речі.

З цими словами він вийняв із внутрішньої кишені гроші.

— По-перше, ось. Допомога з тимчасової непрацездатності.

— Та ти що!.. — підвівся старий.

— Не сперечайся, — суворо зупинив його Вольський. — Я за свої вчинки відповідаю та помилки намагаюся виправляти. Це перше. Друге: усякій сволоті я завжди віддаю по заслугах, тому ти, батьку, покажеш мені тих, хто тебе бив.

Господарі перелякано переглянулися. Справа прийняла зовсім несподіваний, небезпечний оборот, що явно віддавав криміналом.

— Як же я покажу?.. — розгублено промовив старий. — Та вони потім уб'ють нас усіх!

— Ну їх, синку, ну від гріха подалі! — квапливо вставила господиня. — Нехай їх міліція шукає!

— Дідусю, ти ж сам казав, що вони всі пов'язані з ментами? — встряв раптом Петрик, що несподівано вискочив звідкилясь.

Старі зашикали на онука, а Вольський засміявся і поплескав його по голові.

— Розумний хлопчик!.. А ви, значить, у міліцію звернулися?

— Ні, звичайно, — який сенс? — гірко посміхнувся старий і махнув рукою. — У них там справді все схоплено. Так і сказали: тільки сунься, відразу дізнаємося і ще не так відлупцюємо.

— Ось бачиш? — виразно розвів руками Вольський. — Та ти не хвилюйся, батьку: те, що я пропоную, цілком безпечне. Тобі не доведеться робити впізнання наживо, ти тільки подивишся фотографії. Про це ніхто не дізнається, а в мене в міліції свої контакти є — і більш серйозні, ніж у цих водил, тож їм не відкараскатися.

— А звідки ж ти їх візьмеш?

— Це вже моя турбота. Є безліч перевірених способів... — Вольський раптом посерйознішав. — Погоджуйся, батьку. Хіба не бачиш, від чого всі наші біди? Від безкарності. Будь-яка шваль розперезалася, нічого не боїться, бо знає: нічого їй не буде, все зійде з рук.

— Рекламна акція компанії «Поларойд»! — призовно вигукував обвішаний фотоапаратами хлопець у джинсах, кепці та яскравій футболці. — Ваше миттєве фото, якісно, швидко та абсолютно безкоштовно! Подарунок від фірми «Поларойд»!

Рідкісні перехожі та сумучі біля «Вілли Літо» таксисти спочатку поглядали на зазивалу з недовірою, але незабаром вловили ключові слова: *абсолютно безкоштовно.*

— Невже це справді безкоштовно? — сором'язливо поцікавилася молода мама, яка тримала за руку дівчинку років чотирьох.

— Абсолютно безкоштовно і зовсім не боляче! — весело озвався хлопець.— Але тільки один раз! Прошу переконатись!

Він швидко скинув фотоапарат, прицілився, зробив знімок і спритно підхопив готову картку.

— Один момент, дайте вашому портрету підсохнути! І дайте мені перевірити наметаним оком, чи все гаразд... Ви отримуєте тільки хороші знімки, невдалі залишаються у мене... Так, все чудово — прошу отримати! Подарунок від фірми «Поларойд»!

Після жінки з донькою до фотографа почали підходити люди — хлопець та дівчина, троє підлітків, деякі з таксистів... Робота закипіла. Продовжуючи безперервно базікати, хлопець клацав фотоапаратом праворуч і ліворуч, роздавав знімки, жартував, підбадьорював нерішучих і вгамовував тих, хто намагався пролізти вдруге.

— Жалкую, мадам, але вашу прекрасну особу я вже зняв, і зробити це знову при всій моїй повазі не маю права!.. Молодий чоловіче в кепочці, будь ласка отримайте! А ваша картка, на жаль, змазалася, і тому залишиться у мене, а вас я клацну ще раз!.. Дівчино, ваше фото!.. Ні, юначе, вас я більше знімати не буду, ви вже отримали свій портрет — неправда, я пам'ятаю, і навіть бачу по очах!.. Хлопче, не крутіться, будь ласка — ви знову потрапили в кадр, і через вас мені доведеться перезнімати цього пана!

Навколо фотографа зібрався жвавий натовп. Люди знімалися, показували один одному картки; багато хто не йшов, отримавши своє фото — залишався подивитися на інших і посміятися з кумедних реплік фотографа. У загальній метушні ніхто не помітив, що цей веселий хлопець діяв не просто так, а виконував певну програму: кожного з таксистів, які чергували біля «Вілли Літо», він під тим чи іншим приводом сфотографував по два рази, залишивши одну картку у себе, і лише після цього припинив зйомку.

— Пані та панове, з глибоким сумом повідомляю, що видані мені на сьогодні касети з плівкою закінчилися, і тому я змушений з вами попрощатися! Компанія «Полароїд» дякує всім за участь у нашій рекламній акції та бажає приємного дня!

Аркадій Вольський розклав фотографії перед побитим старим.

— Вибирай, батьку. Тільки дивися уважно, не помилися. Якщо не впевнений, краще не називай, тому що важко доведеться тим, на кого ти вкажеш.

Але старий був певен; він одразу впізнав двох покидьків, що чатували на нього пізно ввечері біля гаража.

— Цей і цей. Тільки...

— Тільки що?

— Ось ти, хлопче, в міліцію ці фотки передаси своїй людині, а він потім мене викличе на опізнання. А вони потім...

— Ніхто тебе нікуди не викличе, — перебив Вольський. — Слово даю. Що я, не розумію? Я для того й використовую свої канали, щоб усе було чисто, і щоб моїх свідків ніхто не знав і не чіпав.

— Ви нам хоч свою адресу дайте, — несміливо попросила господиня. — Щоб хоч до кого було за захистом бігти, якщо що...

Вольський вийняв з дипломата маленьку картку, розміром із візитку, на якій, проте, не було нічого, окрім поштового індексу та номера абонентської скриньки.

— Адреси дати не можу, вибачте, робота така. Якщо потрібно буде, напишіть сюди, до запитання... Тільки ніяких «якщо потрібно» не буде, то вже повірте мені.

Молодий чоловік попрощався і вийшов із квартири; спускаючись по сходах, він зупинився, вийняв з кишені дві фотографії, на які вказав старий, уважно їх розглянув і посміхнувся.

— «В міліцію передаси»... Як би не так.

Переляканий до смерті таксист звивався, закривав руками обличчя і голову, і ніяк не міг зрозуміти, за що його б'ють. Йому одразу не сподобався цей похмурий грузин, який пізно ввечері підійшов чомусь саме до нього на стоянці біля «Вілли Літо»; він навіть не хотів спочатку його везти, але грузин показав стодоларову купюру, і водій моментально передумав. Грузин назвав заміську адресу; їхати за місто на ніч дивлячись знову-таки не хотілося, проте сотня доларів — це сотня доларів, що не кажи. Коли пасажир зажадав раптом зупинитися на безлюдній дорозі, таксист запідозрив недобре і поліз рукою під сидіння, де про всяк випадок завжди тримав важкий металевий прут — але не встиг дістати свою зброю. Два короткі і точні удари обпалили його страшним болем, на мить майже позбавивши свідомості. Пасажир витяг обм'яклого водія з машини і почав бити. Бив він мовчки, вміло і байдуже, нічого не вимагаючи, не пояснюючи і ніяк не реагуючи на крики та пропозиції забрати весь денний виторг. Це було найстрашніше; це говорило про те, що самому грузину нічого від таксиста не потрібно — він просто робить свою роботу, виконує чиєсь замовлення. Чиє?.. Осліплений болем водій судомно намагався це збагнути, але на думку не спадало нічого путнього. Він ні з ким не сварився, нікому не переходив дорогу, справно платив данину... Про старого на облізлому запорожці, якого вони з приятелем добре провчили кілька днів тому, він навіть не згадав. Він не знав, що цей приятель так само корчився від болю близько години тому на такій же пустельній дорозі, так само намагаючись ухилитися від страшних, відпрацьованих ударів свого пасажира, на вигляд солідного іноземця...

Другого дня детектив Аркадій Вольський залишав Бердянськ. Зручно розташувавшись у кріслі літака, він переглядав газети, незмінно починаючи з останньої сторінки. У цей час газету читав і директор бердянського зоопарку. Цю складену вчетверо газету він з подивом знайшов у конверті без зворотної адреси, що прийшов поштою на його ім'я. Одна із статей у хроніці подій була ретельно обведена синіми чорнилами. У статті повідомлялося про те, що четверо молодих киян, які зупинилися в будинку свого знайомого в селищі Азовське, розстріляно глупої ночі з магазинної рушниці системи «Вінчестер», що належала господареві будинка...

Пастор Девід Барнс акуратно вів авто, розважливо поступаючись дорогою київським водіям-шибайголовам, і поглядав на годинник. Їхати в Ботанічний сад було вже запізно; Девід надто довго розмовляв із директором книгарні, намагаючись переконати його взяти на реалізацію партію християнської літератури за чистими цінами, без подвійної бухгалтерії. Як і будь-який американець, Девід не розумів, як це можна мухлювати з податками. Тим більше він не розумів цього, як християнин: так, податкові ставки в Україні просто обурливі — але ж написано, «Богу Боже, а кесареві кесареве»... Однак домовитися з директором магазину так і не вдалося: його, в принципі, дуже зацікавили запропоновані книги, особливо з сімейної тематики, але брати їх за чітко фіксованою, зазначеною у договорі ціною, він відмовився. Девідові було шкода витраченого часу; адже перекладач Дмитро попереджав його, що нічого не вийде, але Девід, невиправний оптиміст, вирішив все ж таки спробувати. А тепер вони з Кевіном не встигнуть добре погуляти в Ботанічному саду. Взагалі, можна було б перенести прогулянку на завтра, але Девід вже так давно обіцяв її синові і стільки разів переносив, що робити це знову йому було соромно. Він відчував, що й так надто запрацювався останнім часом і став менше спілкуватися із сином. Кевін сьогодні з ранку мотався з ним по різних місцях, сподіваючись на цю прогулянку, терпляче чекав у автівці, допомагав порозумітися з нахабним даішником, який майже відкрито вимагав хабар...

Девід піддав газу. Нічого; бодай годинку вони погуляють, а там, як тільки почне темніти, поїдуть додому.

Ботанічний сад захопив Кевіна. Девід чудово розумів сина — після рідної Каліфорнії, сонячної та зеленої, йому теж було душно в асфальтових джунглях Києва, хоча взагалі йому подобалося це місто, яке ставало все красивішим завдяки зусиллям мера Омельченка. Тільки ось до української зими Девід ніяк не міг звикнути: холод здавався йому неймовірним, а сніг, що не танув і в березні, справляв дуже тяжке враження. Але все це було цілковитою нісенітницею в порівнянні з тією радістю, яку отримували Девід і Мелані

Барнс від того, що вони робили в цьому місті. Відкрита ними церква не мала поки що власного будинку і тулилася в залі будинку культури, але була сповнена сильних і вірних парафіян, які знають Біблію, знають чому і у що вони вірять. Хіба могли зрівнятися всі ті незліченні труднощі, з якими доводилося стикатися сім'ї Барнсів у Києві, зі щастям бачити, як починає тягнутися до Бога змучена душа, як знаходить вона духовну спрагу, як перетворюються озлоблені старі люди, як змінюються молоді гульвіси та джиґуни?..

Девід тихо посміхався, думаючи про це, а Кевін бігав садом, шукаючи знайомі дерева. Обидва вони не звернули уваги на трьох хлопців, які йшли назустріч. Хлопці ж, навпаки, виявили до Девіда підвищений інтерес: порівнявшись з ним, вони раптом зупинилися і заступили дорогу.

— Чого ти сюди приїхав? — грубо спитав той, що стояв у середині.

Девід зрозумів, що під словом «сюди» мається на увазі не Ботанічний сад, а Україна — він давно вже звик до того, що місцеві якимось чином з першого погляду безпомилково визначають у ньому іноземця.

Кевін підбіг до батька і, відчувши недобре, став поряд з ним, ніби намагаючись захистити його своєю присутністю.

— Я приїхав служити українським людям, — сказав Девід.

Хлопець зневажливо сплюнув.

— Та ну? І шо ж це ти таке для нас робиш?

Девід спокійно дивився йому у вічі.

— Я допомагаю людям прийти до Бога. Я служу у церкві.

— А шо у нас, в натурі, своїх попів мало? — Наступав хлопець. — Чи ти хочеш нас, українських православних, у свою погану віру навернути?!

Девід не зовсім зрозумів; він вивчав українську мову і знав її досить добре, але багато розмовних слів і виразів були йому поки незнайомі. Він уловив лише, що йдеться про православ'я — отже, краще перепитати: Девід знав, як ревниво ставляться тут до православної віри, причому найчастіше саме ті, хто не має до неї жодного відношення.

— Що ви спитали? Я не розумію.

— Брешеш, гад — все ти зрозумів!

Хлопець зненацька розмахнувся і вдарив Девіда в обличчя. Кевін злякано смикнувся, але наступної секунди безстрашно вискочив уперед і закричав українською:

— Не бийте тата, він вам нічого не зробив!

— Заткнися, щеня! — Один із хлопців схопив хлопчика і викрутив йому руку.

Девід готовий був підставити другу щоку, доки справа стосувалася тільки його; але якщо вони насмілилися зачепити сина... Він, не роздумуючи, кинувся на хлопців. Девід був високим, у коледжі активно займався спортом і досі зберіг атлетичну статуру. Він легко відбив Кевіна і штовхнув його в кущі:

— Біжи, Кевін! Біжи!

Але Кевін не побіг — точніше, відбіг лише трохи і одразу кинувся назад, озирнувшись і побачивши, що троє хлопців розлючено б'ють батька. Спритний і меткий, Кевін з розбігу застрибнув на спину одному з нападників і щосили стиснув йому шию. Хлопець похитнувся і захрипів, задихаючись, але зумів скинути хлопчика, спіймав його за комір і добряче огрів. Девід, уже побитий у кров, знову кинувся на допомогу і знову відбив сина. Хлопчик уривчасто дихав і тримався за бік.

— Біжи, я тобі говорю! — заволав Девід.

Хлопці збили його з ніг і почали бити взутими в важкі

бутси ногами. Кевін зрозумів, нарешті, що принесе більше користі, якщо покличе на допомогу. Перемагаючи біль у боці, він побіг доріжкою і відчайдушно закричав, переходячи з англійської на українську і навпаки:

— Help! Допоможіть, хто-небудь! Help!

Один з хлопців погнався за Кевіном і майже вже наздогнав, але тут із сусідньої алеї почулися квапливі кроки й голоси — як не дивно, хтось поспішав на допомогу.

Хлопці припинилися.

— Мотаємо! — скомандував той, що почав бійку, і трійця кинулася врозтіч, залишивши Девіда нерухомо лежати на землі.

Прокинувшись, Девід побачив перед собою Мелані; обличчя її було заплакане, але спокійне. Навколо було похмуро, тихо та незнайомо. Девід усе згадав і зрозумів, що знаходиться у лікарні.

— Де Кевін? — стривожено спитав він, намагаючись підвестися.

— Лежи, не вставай, — лагідно стримала його Мелані. — Кевін тут, в іншій кімнаті. Він зараз спить. Він мені все розповів.

— Як він? Його вдарили... здається, сильно...

— Так, у нього добрячий синяк, але лікар каже, все буде гаразд, перелому немає... А в тебе є. У тебе зламані два ребра.

Девід це відчував: незважаючи на тугу пов'язку, кожен рух завдавав йому різкого болю.

Мелані нахилилася і тихо поцілувала чоловіка. Вона була не з тих, хто ускладнює і так важкі ситуації сльозами і голосіннями.

— Ти в мене найкраща, — вдячно сказав Девід.

— Ні, це ти найкращий, — як завжди, заперечила вона.

— Коли ми поїдемо додому?

— Лікар сказав, що тобі краще полежати тут до ранку. А потім прийдуть із міліції, розмовлятимуть із Кевіном і з тобою. Тобі дуже боляче? Попросити знеболюючого?

— Ні, дякую, не треба.

— Тоді спи.

— А ти? Ти ж не можеш сидіти так усю ніч...

— Нічого, я посиджу. Тим більше, що залишилося лише півночі. Спи.

Девід заснув. Вранці справді прийшли з міліції, задавали питання, записали відповіді і натякнули досить ясно, що на швидку затримку хуліганів розраховувати не варто: їх ніхто не бачив, і слідів вони не залишили жодних. Але Девіду з Мелані це було вже байдуже. Вони дякували Богові, що не сталося непоправного, і поспішали повернутися додому, щоб заспокоїти співпасторів і церкву: Мелані, яка не дуже добре знала українську мову, зателефонувала вчора перекладачеві Дмитру і попросила його приїхати до лікарні, тож про подію вже всі знали. Лікар порадив Девіду відлежати якийсь час, як мінімум пару тижнів; на тому ж наполягали і співпастори.

Девід погодився на вимушену відпустку. Передавши керівництво церквою двом своїм найпершим помічникам, американцеві Полу Тігінсу та українцю Сергію Варичу, він зажив незвичним, спокійним, осілим життям, коли не треба було схоплюватися рано вранці, кудись поспішати, зустрічатися з десятками різних людей і вирішувати нескінченні проблеми. Втім, проблеми вирішувати таки доводилося: телефон починав дзвонити з десятої ранку, тактовно даючи хворому виспатися, але після цього вже не замовкав. Дзвонили з церковного офісу, з банку, з будинку культури, де церква винаймала приміщення; раз у раз дзижчав факс, щодня приїжджав перекладач Дмитро чи хтось із секретарів, привозив на підпис якісь папери. Девід і Мелані швидко до цього звикли і тому анітрохи не здивувалися, почувши одного ранку акуратний дзвінок у двері.

— Це Дмитро, я відкрию! — Зрадів Кевін, від душі насолоджувався можливістю не ходити до школи.

Але то був не Дмитро. На порозі стояв незнайомий чоловік середніх років, солідної і представницької зовнішності — підтягнутий, добре одягнений, з ледь починаючими сріблятися сивиною скронями. У руках він тримав маленький дипломат.

— Доброго дня, — чемно привітався чоловік. — Чи можу я бачити пастора Девіда Барнса?

— Це мій тато! — з гордістю повідомив Кевін, у якого нещодавня подія анітрохи не зменшила американської комунікабельності. — Проходьте! Мене Кевін звати, а вас як?

Чоловік усміхнувся, переступаючи поріг.

— А мене Володимир Петрович Лазаренко. Дуже приємно познайомитись, юначе. Повинен зауважити, що ви чудово розмовляєте українською.

— Та ну, чого там, — махнув рукою хлопчик. — Я навіть і не вчив мову, просто почав розмовляти та й усе. Не розумію, чому всі кажуть, що це так важко.

Мелані вийшла на незнайомий голос.

— Це моя мама, а це Володимир Петрович Лазаренко, — доповів Кевін. — Йому треба бачити тата.

Лазаренко простяг Мелані руку.

— Здрастуйте, місіс Барнс. У вас чудовий хлопчик. Хотів би я, щоб наші українські діти колись стали такими.

Мелані не цілком зрозуміла комплімент, але подякувала.

— Якщо можна, я хотів би поговорити з вашим чоловіком, — вів далі Лазаренко. — Щодо скоєного на нього нападу. Я розслідуватиму цю справу.

На цей раз Мелані не зрозуміла нічого і, зніяковіло посміхаючись, звернулася за допомогою до сина. Кевін переклав.

— Так ви з міліції! — привітно кивнула Мелані. — Будь ласка, проходьте.

Лазаренко пройшов у кімнату, представився Девіду, поцікавився його самопочуттям і, вибачившись за занепокоєння, запитав, чи він не приділить йому близько години часу.

— Будь ласка, — погодився Девід. — Правда, не знаю, що я можу ще повідомити... Я вже розповів вашому колезі все, що було.

— Чи бачите, я волію збирати інформацію сам, — усміхнувся Лазаренко, опустившись на запропонований стілець і дістаючи з дипломата маленький портативний комп'ютер та диктофон. — У мене свої методи роботи...

Девід почав розповідати. Говорив він спокійно, неквапливо, без жодних ознак хвилювання, ніби побили його не тиждень, а кілька років тому, і образа і біль давно вже вщухли. Лазаренка це, мабуть, дивувало: він раз у раз здивовано поглядав на Девіда поверх тонкої оправи окулярів.

— Постарайтеся, будь ласка, пригадати все, що говорили ці молоді люди. Як вони називали одне одного, якщо називали. Як звернулися до вас, що запитали, які висунули претензії. Все це дуже важливе.

— Ні, вони один одного ніяк не називали, — згадував Девід. — А мене спитали, навіщо я сюди приїхав. Коли я відповів, що служу в церкві, вони сказали щось про православ'я, але я не зовсім зрозумів. Вони говорили дуже швидко.

— І, мабуть, на молодіжному сленгу?

— Мабуть, так. — Девід посміхнувся. — Зізнаюся, я почув багато нових слів.

— Яких, наприклад?

— На щастя, я не запам'ятав їх. Не думаю, що мені слід було б збагатити ними мій словниковий запас.

— У цьому ви, я думаю, маєте рацію, — погодився Лазаренко. — Але ж шкода, що не запам'ятали: різні молодіжні угруповання вживають свої особливі слівця, якими їх можна дізнатися.

Він продовжував ставити запитання, одночасно фіксуючи щось у комп'ютері. Девід терпляче відповідав, і поступово в нього з'являлося невиразне відчуття, що щось було не так. Щось було дуже не так у цьому Володимиру Петровичеві Лазаренку. Почати хоча б з того, наскільки разюче контрастував він із тим, першим працівником міліції, який розмовляв із Девідом у лікарні. У того був втомлений і байдужий вигляд, поношений м'ятий костюм, а з технічного оснащення лише блокнот і кулькова ручка. Та й питання його були куди більш загальними, схематичними.

Девіду не доводилося мати раніше відносин з українською міліцією; він не знав, які там існують підрозділи, і міг би припустити, що справа його, як іноземного громадянина, була передана в якесь солідніше відомство, яке надіслало тепер свою людину. Це, мабуть, було б схоже на правду... але все ж таки ні, тут щось не те. Щось турбувало пастора Девіда Барнса, який перебачив на своєму віку тисячі людей і навчився чудово розбиратися в них; щось його насторожувало в цьому європейського вигляду пані, бездоганно ввічливому, що зосереджено намагається відновити картину того, що сталося. Що ж? Обличчя, очі? Очі... У кого Девід бачив такі очі?..

— А тепер, якщо не заперечуєте, давайте спробуємо скласти фоторобот людей, що напали на вас, — сказав Лазаренко. — Добре? Містер Барнс?..

— Скажіть, Володимире Петровичу... — Девід повагався, але відчув раптом цілком ясно, що не помиляється у своїх дивних підозрах, і спитав навпростець: — Ви ж не з міліції?

Пильний погляд Лазаренка раптом став напруженим, але тільки на мить — ця людина, мабуть, чудово володіла собою. Забарившись лише на секунду, він майстерно зобразив легке здивування:

— Я?.. Чому ви так думаєте?

— Мені так здається. Я ж не помилився? — наполягав Девід.

Лазаренко розсміявся і похитав головою.

— Як я міг так прорахуватися?.. Я не врахував однієї простої речі: пастор — той самий психолог, який постійно спілкується з людьми, і око в нього наметане надто добре, щоб піддатися обману... Що ж, мені залишається лише вибачитись і надати пояснення, якщо ви мене розсекретили: до міліції я справді не маю стосунку, я приватний детектив.

— Приватний детектив? — перепитав Девід.

— Так. Не подумайте, що я приховав це зі злого наміру: ваша дружина прийняла мене за міліціонера, і я вирішив скористатися цим, щоб уникнути зайвих питань. Справа в тому, що людина, яка доручила мені розслідування, хоче залишитися невідомою. Дещо незвичайна умова, яку я, проте, зобов'язаний виконувати.

Девід не знав, що й думати.

— Хтось доручив вам знайти людей, що напали на мене? Я правильно зрозумів?

— Цілком вірно.

— Але навіщо?

Лазаренко знизав плечима:

— Я цього не знаю. Мої клієнти досить часто не повідомляють мені своїх мотивів, це їхнє право. Ймовірно, людина, яка мене запросила, прихильна до вас і хоче, щоб злочинці понесли покарання, тільки й усього.

— Але ж їх вже шукає міліція.

— Мабуть, швидкість та якість цього пошуку не влаштовують мого клієнта, — тонко посміхнувся Лазаренко.

Це було зрозуміло. Проживши в Україні близько п'яти років, Девід наслухався про низький відсоток розкриття злочинів, переконався в сумній зневірі українських людей у торжество справедливості, бачив не раз, як у відповідь на його пропозицію звернутися в міліцію вони лише приречено махають рукою. Все це Девід бачив і знав, але знав також і інше: друзів чи знайомих, здатних найняти ось так приватного детектива, він не мав.

— Я хочу знати, чому ваш клієнт вирішив провести розслідування, — сказав Девід. — Якщо він не сказав вам цього, то, може, скаже мені? Ми можемо зустрітися чи хоча б поговорити по телефону?

— Боюся, що ні. Ця людина не хоче, щоб ви щось знали про неї.

Девід подумав, спробував ще раз зібрати все разом і зважити.

— У такому разі я мушу попросити вас припинити розслідування.

— Чому?! — Лазаренко розгублено розвів руками. — Зрозумійте, це вам нічим не загрожує... і нічого не коштуватиме! Я, швидше за все, і не потурбую вас більше — залишилося лише скласти фоторобот.

Девід рішуче похитав головою.

— Ні. Вибачте, Володимире Петровичу, але від розслідування я відмовляюся.

— Я все ж таки не розумію... Яка вам різниця, хто його проводить? Вважайте, що хтось надає послугу міліції, якщо вам так зручно!

— Я мушу знати, з ким маю справу. Я християнин, більш того пастор. Я не можу бути пішаком у чиїйсь чужій, незрозумілій грі.

— Що ж... — Лазаренко вимкнув комп'ютер. — Дуже шкода, але не наполягаю. Вибачте за відібраний час. До побачення.

Він підвівся, заклацнув дипломат і пішов.

Провівши дивного гостя, Девід повернувся до кімнати і обережно опустився на диван; побите тіло все ще боліло, хоч вже й не так сильно. Що то за історія? Що за людина цей Лазаренко, хто й навіщо міг його найняти?.. Якщо, звичайно, він сказав правду, а в цьому Девід дуже сумнівався. Але якщо Лазаренко збрехав, тоді все ще незрозуміліше: що йому взагалі потрібно, навіщо знадобилося видавати себе спочатку за міліціонера, потім за приватного детектива, ставити всі ці питання? Питання, треба сказати, добре продумані, відпрацьовані. Професійні. Тільки по суті справи, жодних відступів убік. Чи він справді хотів займатися розслідуванням?..

Девід не міг розв'язати цієї загадки. Думки його ходили по колу, упираючись все в ті ж самі глухі кути. Нарешті, він перестав ламати голову і зробив те, що робив завжди у скрутних ситуаціях: заплющив очі, опустив голову на складені руки і почав молитися.

— Отче наш небесний, — тихо говорив Девід. — Я не знаю, що відбувається, але ти знаєш усе. Віддаю це у Твої руки. Якщо ця людина, хто б він не був, задумав зле — зупини його, нехай він одумається, нехай зрозуміє, що нашкодить насамперед собі самому. Може, я повівся неправильно... Може, я не мав його відпускати, мав поговорити з ним, спробувати побачити, що в нього в душі... Пробач мені, якщо так...

Девід раптом згадав, у кого він бачив такі очі... Близько шести років тому, ще вдома, в Америці, йому довелося відвідати у в'язниці людину, яка звинувачувалась у скоєнні кількох вбивств на замовлення. Офіцер поліції, який проводив Девіда до кімнати для зустрічей, повідомив йому, що всі впевнені у винності цієї людини, але доказів проти неї мало: у всіх випадках усе було спрацьовано дуже чисто. Несподівано заарештований побажав бачити пастора, і офіцер просив Девіда скористатися цим, спробувати переконати його зробити щире зізнання. Девід увійшов до маленької кімнатки і побачив перед собою порівняно молодого чоловіка, зовсім спокійного і незворушного. Він мав такий самий погляд — погляд сильної людини, яка все для себе вирішила і свідомо поставила на своєму житті хрест. Про себе, про свою справу, про висунуте проти нього звинувачення він не сказав ні слова; він тільки запитав Девіда, чи покарає Бог хорошу дівчинку, якщо в неї поганий батько, який зробив багато зла. Девід одразу зрозумів, що він говорить про себе, і що в нього є дочка — і це, мабуть, єдине, що ще хвилює його на цій землі. Девід запевнив його, що Бог справедливий і приймає і прощає всіх, хто приходить до Нього з чистим серцем. «Це добре, — задоволено кивнув чоловік. — Бо я чув, що в Біблії ніби сказано, що Бог карає дітей за гріхи батьків. Є там таке?» Девід пояснив, що це йдеться про дітей, які свідомо продовжують безбожні справи батьків — тоді на голову їх лягає щось на кшталт родового прокляття, яке стає тим сильнішим, чим більше поколінь наполягає на гріху; проте Бог завжди простить будь-якого грішника, який щиро покаявся і відвернувся від зла. Девід кілька разів підкреслив це, сподіваючись зацікавити співрозмовника, переконати його, що ще не все втрачено, ще не пізно все змінити... Але цього не сталося. Заарештований подякував Девіду і ясно дав зрозуміти, що хотів би завершити розмову. Тоді Девід запитав його прямо: «Чому ви самі не звернетеся до Бога?» В'язень посміхнувся і промовив з дивним виразом, який Девід пам'ятав досі: «Бо я вибрав собі професію, прямо заборонену однією з десяти заповідей». Девід, звичайно ж, одразу зрозумів, про яку саме заповідь йдеться — «Не вбивай» — і внутрішньо жахнувся, як легко і спокійно ця людина повідомила йому про своє ремесло. «Чому ж ви не залишите цю професію? — спитав Девід. — Невже вона вам така приємна і дорога, дорожча за власне життя?» На це співрозмовник знову посміхнувся і махнув рукою: «Киньте, пасторе. Нічого у ній приємного немає. Тільки не треба мені проповідувати, не витрачайте даремно слів: я її все одно не залишу. Така вже в мене дорога». Девід спробував ще раз, почав вести мову про смертний вирок, що загрожував йому. «Ви вважаєте, що я про це не знаю чи не думав? — байдуже відповів заарештований. — Помиляєтесь. Я давно готовий до того, що одного разу і мене можуть відправити туди, куди я відправляю інших. Що ж? Значить, так тому і бути». За всім цим стояла якась особиста драма, Девід бачив це абсолютно ясно — але, незважаючи на всі свої зусилля, так і не зумів достукатися до цієї закритої душі, не зміг дізнатися, що сталося в житті цієї людини...

Чому він раптом зараз його згадав? Чи так схожі були його відчужені, безпристрасні очі на очі цього Володимира Петровича Лазаренка?.. Погляд у Лазаренка, навпаки, зосереджений і уважний... Але все ж таки було в них щось таке, дуже схоже... Чи здалося?

Девід завжди прислухався до відчуттів і асоціацій, що виникали в нього, особливо під час молитви, знаючи, що за ними, як правило, щось стоїть. Бог вже не раз подібним чином вказував йому речі, на які слід звернути увагу, відкривав щось, що потім дуже згодилося, допомагав проникнути в суть складної, заплутаної ситуації. Девід відчував цілком ясно, що в цієї дивної історії з Лазаренком буде ще продовження, і тому, почувши через пару днів акуратний дзвінок у двері, одразу його дізнався і виявився готовим до нової зустрічі.

На порозі справді стояв Лазаренко — такий же представницький та елегантний, з тим самим невеликим дипломатом.

— Доброго дня, містер Барнс. Це знов я. Я прийшов відповісти на ваші запитання.

— Будь ласка, проходьте, — запросив Девід, насилу втримавшись, щоб не додати: «Я на вас чекав».

Проводячи Лазаренка в кімнату, він думав про те, що людина ця в чомусь незбагненно змінилася. Девід запропонував гостю крісло, а сам улаштувався на дивані, підклавши під спину все ще необхідну подушку, і приготувався слухати.

— Мене ніхто не наймав, — без передмов повідомив Лазаренко. — Я сам хочу провести це розслідування.

«Так ... Непоганий початок», — зазначив про себе Девід.

— Навіщо?

— Щоб знайти та покарати злочинців.

— Як же ви збираєтесь їх покарати?

— Зроблю з ними те, що вони зробили з вами, — просто сказав Лазаренко.

Девіду знадобилося кілька секунд, щоб узгодитися з почутим. «Так ось воно що!.. Так... нелегкий випадок...»

— Володимире Петровичу...

— Можна просто «Володимире», — перебив Лазаренко. — Я не старший за вас, якщо не молодший.

— Добре, Володимире. Насамперед я маю вас попередити, що я не католицький пастор і не проводжу сповідей, а отже, не буду пов'язаний таємницею сповіді. Розумієте? Я хочу, щоб ви знали це з самого початку. Чи готові ви повірити мені на слово, що я не піду в міліцію?

Лазаренко усміхнувся.

— Навіть якщо підете, то мені це не зашкодить. Я добре захищений. Втім, дякую, що попередили, це було чесно. Отже, ви здогадалися, що це не перше моє «розслідування»?

— Не здивуюсь, якщо навіть не десяте. Наскільки я можу судити, ви займаєтеся цим давно і досить серйозно.

— Це так. Щоб ви уявляли масштаби моєї роботи, я назву вам цифру: ваша справа у мене шістдесят четверта.

Девід обіцяв не дивуватися, але насправді був вражений. Він бачив, що Лазаренко більше не бреше. Ця людина скинула маску — якщо не зовнішню, то принаймні внутрішню: вона перестала розігрувати великосвітського пана, відкинула витончені манери і говорить тепер зовсім по-іншому, коротко, просто і ясно. Отже, на його рахунку *шістдесят три* самостійно розкриті злочини — і власноруч покарані злочинці...

— Ви перший, з ким я абсолютно відвертий, — вів далі Лазаренко. — Ви пастор, ви знаєте, що таке найвища справедливість, і тому все зрозумієте.

— А як ви знаходите свої... випадки? — спитав Девід, все ще не зовсім прийшовши до тями від почутого. — Як дізнаєтесь про злочини?

Лазаренко вийняв із дипломата складену газету.

— Здебільшого із преси. Майже всі мої розслідування починаються з невеликої газетної нотатки у хроніці подій. Ось, дивіться, це про вас.

Девід узяв газету. В обведеній кульковою ручкою замітці коротко повідомлялося, що американського пастора та його малолітнього сина було побито трьома невідомими під час прогулянки в Ботанічному саду.

— Але ж тут навіть не названо моє ім'я... Як ви мене знайшли?

Лазаренко поблажливо посміхнувся.

— Ну, це зовсім просто. Достатньо одного візиту до редакції. *Продуманого* візиту...

Девід водив очима по замітці і напружено думав. Що сказати цій людині, яка привласнила собі функції самого Господа Бога — карати за гріхи?

— Ну що ж, містер Барнс, — я чесно відповів на запитання, що вас цікавили. Тепер ми можемо повернутися до складання фоторобота?

Девід глянув йому в очі — безпристрасні очі людини, яка все для себе вирішила.

— Ні, Володимире. Я, як і раніше, прошу вас не проводити цього розслідування. І було б дуже добре, якби мені вдалося взагалі відмовити вас від цієї вашої «роботи».

Думка ця, мабуть, здалася Лазаренку цілком дикою — він ледве стримав сміх.

— Чому? Ви вважаєте її злочинною?

— А ви ні?

— З погляду закону — так, те, що я роблю, — злочин. А за справедливостю — ні. Я думав, ви це зрозумієте. Я тільки поновлюю справедливість, більше нічого. Причому дуже ретельно: злочинець отримує саме те, що зробив сам. Око за око, пасторе. Точно за Біблією.

— Якби ви добре знали Біблію, то знали б, що вона забороняє мстити, — сказав Девід.

Лазаренко глянув на нього з недовірою.

— Не буду сперечатися, Біблії я справді не знаю. Звідки мені знати її, якщо я народився і виріс у совку? Але ж є там таке місце! «Око за око і зуб за зуб», якщо не помиляюся?

— Так, там є таке місце, — кивнув Девід. — «Око за око, зуба за зуба, рану за рану, синяка за синяка». Тільки це місце насправді не встановлює, а навпаки, обмежує покарання: якщо одна людина вдарила іншу, її не треба за це карати смертю, достатньо буде удару.

— Ось як? Так, я цього не знав. Але хіба це змінює справу? Я не порушую цього правила. Я вже сказав вам, що караю у суворій відповідності до скоєного злочину. Наприклад, тих, що напали на вас, я не позбавлю життя, я тільки примушу їх випробувати на власній шкурі, як це, коли тебе б'ють ногами.

Він сказав це так просто і буденно, ніби йшлося про звичайнісіньку справу. Втім, для нього це, мабуть, і було звичайною справою, вже шістдесят четвертою за рахунком...

— Не в цьому річ, Володимире, — терпляче заперечував Девід. — Не в тому, *як* ви караєте злочинців, а в тому, що робити це ви *не маєте права*.

Темні очі Лазаренка сердито спалахнули.

— Чому? Поясніть мені! За людським законом? Ви знову кажете мені про людські закони! А я вам говорю про найвищу справедливість! Ту, яка... Ось уже не думав, що мені доведеться вам, пастору, це пояснювати!

Девід бачив, що зачепив за живе. Це обнадійлювало: можливо, зрештою все ж таки вдасться похитнути побудовану цією людиною філософію...

— Я розумію, що ви намагаєтесь мені пояснити. І я теж говорю про найвищу справедливість. Найвища справедливість — Божа справедливість. Згодні? Вище вже нема куди. І справедливість ця викладена у Біблії.

— І полягає в тому, щоб терпіти та прощати?! — Жорсто запитав Лазаренко. — Чому я маю прощати зло, чому маю його терпіти, якщо в мене достатньо сил його знищити?!

— Ви не повинні терпіти зло, ви повинні в міру своїх сил боротися з ним. Але не так, як вам хочеться, а як каже Бог. Знищувати зло і карати гріхи є Його справою, і ви не маєте права брати її на себе. Вам це не під силу. Єдине зло, яке ви можете і маєте знищити, — це в собі самому. Спробуйте, і ви переконаєтеся, що навіть з цим ви не впораєтеся без Божої допомоги.

Вони проговорили аж до вечора. Лазаренко сперечався, не погоджувався, то посилався на Біблію, якої зовсім не знав, то раптом відкидав її, заявляючи, що це звичайна книга, написана людьми. Девід вирішив спробувати повернути розмову до іншого русла.

— Розкажіть мені, Володимире, чому ви почали цім займатися? Якою була ваша перша «справа»?

Лазаренко усміхнувся.

— Навіщо вам це? Професійний пасторський інтерес?

— Ні. Пастор — це не професія, а покликання та служіння. Отже, інтерес у мене не «професійний», я просто хочу вас зрозуміти.

— Що ж... Гаразд, якщо така справа. Лише попереджаю, історія довга.

— Я нікуди не поспішаю.

Лазаренко відкинувся в кріслі і почав свою розповідь.

— Я був добрим хлопчиком, недурним, цілеспрямованим і сповненим райдужних надій... Ні, в «світле майбутнє», про яке нам усім тут брехали, не вірив, але вірив у свої сили і думав, що якщо багато працювати, то можна усього досягнути. Мати мене в цьому підтримувала, мріяла, щоб я вивчився і вибився в люди... працювала на двох роботах, щоб здобути гроші на репетиторів... Ви знаєте, що це таке? Ні? Це приватні викладачі, які готують до вступу до інституту. Підготували мене як слід, і я досить легко поступив. Навчався добре, одним із найкращих студентів був — тільки дуже діставали мене всі ці обов'язкові партійно-комуністичні предмети, без яких на той час було ніяк. Ну і ось, сидимо ми якось і конспектуємо чергову ленінську ахінею; набридла вона мені до зубного болю, я й кажу: «Як же добре, що Леніна підстрелили у п'ятдесят років! Уявляєте, скільки б він ще всякої гидоти понаписав, якби до сімдесяти дожив?!...» Почули, донесли. Вилетів я з інституту з гучним тріском, та якраз перед весняним призовом до армії... Був у нас там у деканаті один такий чоловічок, вірний ленінець — спеціально так підгадав, щоб виключити мене в самий призов. (У нього, до речі, у самого потім синок підріс, та почав від армії бігати; я, само собою, підказав військомату, де його шукати... Але це вже потім, коли я з хорошого хлопчика перетворився на поганого дядька.) Ну так от, забрали мене в армію, і потрапив я до Афгана... Знаєте таке слово? Так? Добре, пояснювати не треба...

Лазаренко замовк ненадовго, потім продовжував:

— Ось там і залишилися всі мої райдужні сподівання. Бачили б ви, пасторе, чтог я там набачився, і яким звідти повернувся... Жити не хотів. Нема чого мені жити, розумієте? Мати вмерла, не дочекалася мене. Чи не винесла.

— А батько? — обережно спитав Девід.

Лазаренко зло посміхнувся.

— А татусь нас кинув, коли мені ще й року не було. Мати, бачте, почала йому менше уваги приділяти через дитину. Приревнував...

Він знову замовк. Девід починав розуміти цю людину зі зламаною на самому зльоті долею. Отже, після цього він почав мститись? І досі не може зупинитися, то й живе помстою?

— Що ж ви робили після Афгана?

— Пропадав. Пив по-чорному... Пам'ять не давала спокою, та й довкола стільки бруду бачив, що... Загалом, на волосині був. Врятувала мене сусідська дівчинка. Гарна така була дівчинка, весела, добра... Вона хворіла на щось, ходити не могла; сиділа усе у дворику в інвалідному кріслі, а з нею собака, вівчарка. Вийшов я якось, а дівчисько мені і каже: «Дядечку, давайте пограємо!» У що, питаю? «У м'яч! Ви мені кидайте, я буду Альмі, а вона знову вам!» І кидає мені м'ячика. Ну, я кинув їй, як вона просила, а вона — собаці. А собака підстрибнула, і справді, носом спритно так м'ячик штовхнула — перекинула мені. Дівчинка регоче, заливається... Загалом, потоваришували ми з нею, часто почали грати. І в мене ніби відійшло щось у душі. От, гадаю, маленька крихітка, ходити не може, а нічого — вміє знаходити в житті радості... А я здоровий, руки-ноги цілі, і не старий ще зовсім... Ну і що, думаю, що не вийде з мене тепер наукове світило чи крутий бізнесмен; охоронцем-бо прожити можна. Знайду гарну дівчину, одружуся, діти народяться — для них і житиму... Розмріявся, загалом. І навіть виходити все стало: влаштувався на роботу, там хлопці добрі були, помітили мене, розпитали, направили на комп'ютерні курси. Мозки мої отупілі ніби пожвавішали, почав я спішно надолужувати втрачений час — займався, читав цілими ночами. І дівчинку свою не забував: то морозиво їй принесу, то книжку... А потім дивлюсь — зникла моя подружка; день не бачу її, два, три... Запереживав, пішов довідатися, в чому річ. Виявилося, Альму, собаку її, забив ціпком якийсь мерзотник. У неї на очах. І дівчисько злягло — шок у неї був. Говорити перестала... Та так і не оговталася.

Лазаренко знову замовк, цього разу надовго. Девід терпляче чекав, боячись зачепити незграбним словом цю стару, глибоку рану.

— Підкосило це мене, — ледве чутно сказав Лазаренко. — Ні про що думати не міг, місця собі не знаходив... Потім вирішив — вщерть розіб'юсь, а знайду цього гада і відповідати примушу. Кілька разів у міліцію ходив, розповідав їм усе. Вони кивають — усе, мовляв, розуміємо. А зробити нічого не можемо: у нас тут крадіжки та вбивства нерозкриті, а ти із собакою...

— І тоді ви вирішили знайти і покарати цю людину самі? — спитав Девід.

Лазаренко кивнув.

— Знайти його виявилося нескладно, його багато хто знав — на цій же вулиці жив. Звичайний карний злочинець, з тих, що з'являються вдома періодично, між відсидками — і коли з'являються, тримають у страху весь будинок. — Лазаренко усміхнувся: — Ох яку я йому колотнечу вчинив тоді... Ніколи в житті нікого так не бив — ні до того, ні після...

Він раптом широко посміхнувся і закинув ногу на ногу, ніби бажаючи одразу прогнати важкі спогади.

— Такою була моя перша справа. Простою та неважкою, якщо відкинути особисті емоції. Ну, а потім уже, коли досвіду набрав і технікою оснастився — потім всяке бувало: місяцями доводилося різноманітну мерзоту відстежувати, та ганятися за нею містами і селами, а то й за кордоном. Зате можу похвалитися, що втекти від мене поки що нікому не вдавалося. Один, пам'ятаю, з крутих, відчув небезпеку — в Австралію рвонув. Мені навіть смішно стало: що я, дороги туди не знайду? Вирішив потішитися: взяв і приїхав до готелю раніше за нього. Він заходить у номер — а я галантно піднімаю капелюха: «Доброго вечора, сер. Що ви так довго? Я вже зачекався...» Дуже ефектно вийшло, як у кіно. Щоправда, такі ефекти влітають у копійчину, але іноді можна собі дозволити... До речі, чому ви мене не питаєте, звідки я беру гроші на свою роботу?

— Якраз збирався спитати.

— Відповідаю: мої розталені мізки раптом розійшлися настільки, що склали навіть кілька дуже цікавих і корисних комп'ютерних розробок, які мені вдалося вигідно прилаштувати — *дуже* вигідно, тож я раз і назавжди став вільним птахом. Ну, як вам моя історія, пасторе?

— Дуже сумна історія, — зітхнув Девід. — Мені вас щиро шкода. Вам буде дуже важко з цього вирватися.

— А я й не збираюся нізвідки вириватися.

— Так-так, саме про це я й говорю. Ваша філософія і спосіб життя здаються вам правильними і справедливими, ви прийшли до них дуже тяжким шляхом. Ви бачили багато зла — страшного зла, і впевнені, що у вас більш ніж достатньо підстав для того, чим ви займаєтеся. Вам навіть здається, що це завгодно Богові! Але насправді ви не знаєте, що творите. Не знаю, як мені переконати вас. Я молитимуся, щоб Господь відкрив вам очі.

— Що ж, як хочете, — холодно промовив Лазаренко,

підводячись. — Це ваша справа. А я займатимусь своїм. Я все одно їх знайду, пасторе, і без фоторобота. І вони у мене отримають своє. До побачення.

Девід теж підвівся, щоб його проводити.

— Я хочу вам сказати ще одну річ, Володимире, перш ніж ви підете. Це слова самого Ісуса Христа ... Ви, звичайно, не захочете їх прийняти, але постарайтеся хоча б про них подумати. Добре?

Лазаренко затримався біля порога:

— Що за слова?

— Христос сказав, що якщо ми не вибачимо тих, хто спричинив нам зло, Бог не простить нас самих. Розумієте? Не простить нам зла, яке ми зробили.

— Справжнє зло неможливо і не можна прощати.

— Бог вважає інакше.

Лазаренко взявся за дверну ручку, але зволікав і обернувся.

— Можете ви навести мені хоча б один приклад із реального життя, коли від прощення була б хоч якась користь? Я маю на увазі не залагоджений конфлікт, а позитивний результат, зміна на краще?

— Я можу навести багато таких прикладів, — сказав Девід.

— Хоча б один.

— Будь ласка. Я знаю одну людину, яка була в ранній молодості непоганим скрипалем і мріяла присвятити себе музиці. Але якось вони їхали кудись з другом, заблукали і опинилися в поганому кварталі. Вони вийшли з машини, щоб спитати у когось дорогу. Через п'ять хвилин їх оточив натовп — ви розумієте, який. Друг злякався, кинувся в машину та поїхав. А того парубка порізали ножем. Не сильно: хтось одразу викликав поліцію, тож його встигли полоснути лише двічі — по руці, яку він виставив уперед, щоб захиститися... Він більше не міг грати. Йому здавалося, що життя скінчилося. Він був християнином, але навіть віра не могла пом'якшити його розпачу, болю і ненависті до друга, через боягузтво якого все це сталося. Не знаю як, але він знайшов у собі сили пробачити. Він приїхав до цього друга і тиждень витягав його з п'яної депресії... Зараз його друг — чудовий хірург, який урятував життя десяткам людей. І він казав не раз, що зобов'язаний цим тому молодому чоловікові — якби не його допомога, він спився б тоді або наклав на себе руки.

Лазаренко уважно вислухав і посміхнувся.

— Скажіть, ви це зараз придумали, чи кожен пастор має свій запас зворушливих історій на всі випадки життя?

— Я нічого не вигадав. — Девід закотив рукава і показав два довгі глибокі шрами, що тяглися від ліктя до самої кисті.

Лазаренко перестав посміхатися і довгим, пильним поглядом глянув у вічі Девіду.

— ...Добре, пасторе, я подумаю про ваші слова...

# КРОК УПЕРЕД

Ігор Січко не дарма вважався одним із найкращих агентів Особливої Поліції і по праву цим пишався. Це йому належала ідея принципово нового і надзвичайно дієвого методу упіймання небезпечних злочинців, простого, як усе геніальне, і тепер широко відомого під назвою «Крок уперед». Ігор не раз потім згадував з усмішкою, як спочатку ніхто не хотів сприймати його ідею всерйоз, як її висміювали старі, досвідчені сищики, і мало не в очі називали Ігоря дилетантом і дурнем. Ще б пак! Те, що він пропонував, не лише порушувало всі існуючі правила розшукової роботи, а й, по суті, перекреслювало саму цю роботу і відкидало її на другий план — з чим, зрозуміло, самовпевнені панове поліцейські ніяк не могли погодитися. Але Ігор спокійно стояв на своєму, не зважаючи на глузування. Він з самого початку знав, що його метод спрацює, знав, що це буде повний тріумф, і сміятися останнім доведеться йому, коли противники будуть осоромлені.

Ідея прийшла йому дуже давно — одразу, як тільки Особлива Поліція вперше серйозно взялася за «ідеологічних злочинців». Ігор дивився кримінальні хроніки та репортажі, спостерігав за складними операціями, які проводила поліція, і дивувався, як це їй не спаде на думку такий простий спосіб легко та швидко виловити найбільш небезпечних призвідників. Однак Січко не поспішав поділитися своїм «ноу-хау». Він вирішив притримати його на чорний день, на випадок, якщо поліція зацікавиться ним самим — а в тому, що одного разу це станеться, він майже не сумнівався. У ранній юності він мав дурість зв'язатися з цими людьми, яких тепер офіційно оголосили ворогами суспільства, і навіть дещо захопився їхніми ідеями. Він, правда, швидко все це кинув, перестав відвідувати їхні збори і порвав з усіма друзями та знайомими з цього кола, та й часу з тих пір вибігло чимало... Але у Особливої Поліції довгі руки, і ворушити минуле вона вміє. Як знати, чи не спливе його прізвище в якихось паперах, чи в пам'яті когось із заарештованих. Ось тоді і знадобиться йому гарне знання злочинної ідеології та філософії; він підкаже поліції, як її треба використати — в обмін на власну безпеку. А можливо, і не тільки на безпеку: на цьому можна створити гарну кар'єру і вибитися в люди ...

Так і сталося. Одного чудового дня Ігор Січко виявив у своїй поштовій скриньці повістку з викликом до Особливої Поліції. З'явившись за вказаною адресою, він постав перед похмурим офіцером, який скоріше наказав, ніж запропонував йому сісти і спитав навпростець:

— Отже, пане Січко, у період із дев'яносто другого по дев'яносто третій рік ви належали до однієї із нині заборонених релігійних груп?

Ігор постарався взяти себе в руки і не хвилюватися.

— Не те, щоб належав... Просто потусувався якийсь час... так, по молодості. Тоді це було модно.

— Модно, кажете? — примружився офіцер. — А за нашими даними, ви досить регулярно відвідували збори цієї групи і навіть пройшли курс навчання...

— Ну, так, було діло. Тільки я давно все це покинув.

— Ось як? А може, вас спеціально вивели зі складу організації, щоб зробити таємним агентом, і ви потихеньку продовжуєте роботу?

Ігор ледве стримав усмішку — наскільки вони безграмотні, зовсім не знають противника!

— Що ви, які там таємні агенти, — спокійно сказав він. — Жодної спеціальної агентури там не вербують. Ці люди діють інакше.

Офіцер свердлив його поглядом.

— А звідки це ви знаєте? Адже ви кажете, що давно вийшли з цієї групи та не підтримуєте з нею жодних зв'язків?

— Вийшов, і не підтримую, — підтвердив Ігор. — Але філософію цих людей я встиг вивчити досить таки добре, і не думаю, щоб вона з того часу дуже змінилася. До речі, ці мої знання могли б дуже допомогти роботі Особливої Поліції. Є простий і надійний спосіб швидко виловити найнебезпечніших із цих злочинців.

Як і слід було очікувати, офіцер зацікавився і запропонував Ігореві викласти його міркування. За двадцять хвилин Січко уже розповідав про свою ідею групі досить солідних поліцейських чинів.

— Мій метод ґрунтується на тому, що зречення своєї ідеології для цих людей гірше за смерть, — казав він. — Тому достатньо лише прийти на місце їхнього можливого знаходження та запропонувати тим, хто поділяє ці погляди, вийти вперед. Запевняю вас, вони вийдуть добровільно.

— Нісенітниця! — грубо перебив його один із запрошених офіцерів. — Ви стверджуєте, що злочинці, за якими ми ганяємося по всьому місту і яких так важко вистежуємо і ловимо, — ви стверджуєте, що вони раптом *самі* підуть за ґрати, самі зізнаються, що належать до забороненої групи?!

— Саме так, — незворушно кивнув Ігор. — Не можу поручитися за новачків, але найзапекліші, найвідданіші прихильники заборонених ідей це зроблять. Наскільки я розумію, саме вони найбільше цікавлять поліцію?

Офіцери довго й палко сперечалися. Метод Січка видавався їм надто неправдоподібним, але вони не могли заперечувати, що багато з заарештованих заколотників, справді, навіть не намагалися відмовлятися, а навпаки мало не з гордістю підтверджували звинувачення. Найкращі поліцейські психологи лише розводили руками, не в змозі пояснити цей феномен. Невже ж цей самовпевнений хлопець, який не має жодного уявлення про розшукову роботу, знає розгадку?!

Ігор Січко справді знав, і ця його стовідсоткова впевненість у успіху, мабуть, справила належне враження. Офіцери погодилися випробувати новий метод — адже, зрештою, це не вимагало ні спеціальної підготовки, ні додаткових коштів.

Ігор зголосився сам провести перший рейд; він не збирався ні з ким ділити свою майбутню славу. У супроводі загону поліції він вирушив до одного з київських вищих навчальних закладів — останнім часом заборонені ідеї набули чомусь найбільшого поширення у студентському середовищі. Прибувши на місце, Ігор пред'явив новесеньке поліцейське посвідчення, чемно попросив перервати ненадовго заняття та запросити всіх учнів до актової зали. Коли це було виконано, і в залі зібралися стривожені викладачі та студенти, Ігор для кращого ефекту наказав їм вишикуватися в одну шеренгу, а потім, зажадавши тиші, коротко наказав:

— Християни — крок уперед.

На мить все завмерло, повисла страшна, неприродна тиша. Потім кілька десятків молодих людей та дівчат дружно зробили цей крок. Слідом за ними поспішно виступили ще кілька людей, які, мабуть, спочатку завагалися.

По залі промайнув подих здивування та жаху. Бувалі поліцейські й жовтороті студенти в однаковому заціпенінні витріщилися на злочинців, які добровільно зізналися, а тепер мовчки стояли і не збиралися нікуди тікати.

— Та ви що, хлопці?.. — тремтячим голосом пробелькотів розгублений ректор. — Що ж ви робите?

Ігор почекав ще кілька секунд, щоб до кінця насолодитися перемогою. Потім, не приховуючи своєї урочистості, обернувся до поліцейських:

— Ну, чого ж ви чекаєте? Приступайте. Сподіваюся, кайданок вистачить?

Того дня вони об'їхали ще три інститути і заарештували п'ятсот двадцять вісім чоловік — результат досі нечуваний. Заарештовані, як один, виявилися зухвалими і небезпечними злочинцями: вони не тільки розділяли заборонені переконання, а й дуже активно їх насаджували, проводячи шкідливі розмови і поширюючи антигромадську літературу. Багатьох із них поліція вже давно намагалася виявити, деякі були на підозрі, але через недостатність доказів залишалися на волі. І ось, завдяки сенсаційному методу Січка, усі вони опинилися за ґратами; за якісь кілька годин було блискуче зроблено те, на що в поліції пішли б місяці кропіткої роботи.

З цього дня зійшла зірка Ігоря Січка. На нього посипалися нагороди та заохочення, недавні супротивники навперебій висловлювали йому своє захоплення, різноманітні поліцейські підрозділи безперестанку запрошували його провести семінар або прочитати курс лекцій, за які платили дуже добрі гроші. Ігор, не роздумуючи, кинув жалюгідну роботу продавця відеотехніки, за яку раніше так тримався, і із задоволенням поринув у хвилі слави та благополуччя. Не бажаючи зайвого клопоту, він відмовився надіти поліцейську форму, заявивши, що його цілком влаштовує скромне звання агента. Це давало достатньо пільг і повноважень, не накладаючи будь-яких суттєвих службових обов'язків. Як і всім агентам-інформаторам, йому належало тепле містечко в якомусь офісі, де, практично нічого не роблячи, він отримував непогану зарплату: треба було тільки стежити за розмовами та настроєм співробітників, обережно підкидати провокаційні питання і не забувати регулярно писати повідомлення. З усім цим Ігор непогано справлявся, а також продовжував виїжджати на рейди — до навчальних закладів, на промислові підприємства, до державних установ та комерційних структур. Метод його діяв безвідмовно; щоразу після вислову «Християни — крок уперед», що став уже знаменитим, у повітрі повисала напружена тиша — а потім незмінно виходили люди: одні одразу, спокійно і твердо, інші трохи повільніше, з широко розплющеними очима і зблідлими обличчями. Щоправда, виходило їх дедалі менше, але Ігоря це не турбувало. Це говорило лише про те, що завдяки його старанням більшість бунтівників уже спіймано.

Подальша їхня доля його зовсім не хвилювала; було ясно, що багатьом з них уготована найвища міра покарання, але Ігор Січко не відчував з цього приводу докорів совісті: якщо цим людям заманилося бунтувати, а потім грати в героїзм і добровільно йти на смерть — це їхня справа. Не відчував він до цих фанатиків і якоїсь особливої ненависті, хіба що легку ворожість, яку може мати людина до того, в чому одного разу розчарувалася. А розчарування його було досить сильним — тоді, в дев'яносто третьому, через рік після того, як він випадково познайомився на вулиці з групкою веселих молодих людей з гітарами, розговорився з ними, потоваришував, і через якийсь час з подивом дізнався, що хлопці ці були віруючими. Ігоря це тоді вразило, але не відштовхнуло: вірити (чи вдавати, що віриш) тоді справді стало модно, багато хто почав ходити до церкви, колишні партійні діячі спішно перекваліфікувалися в добрих парафіян, по телебаченню часто читалися проповіді, всюди продавалася духовна література. Ігор піддався загальному настрою і теж став називати себе віруючим, носити хрест і футболки з християнською символікою, і в усьому наслідувати своїх нових друзів, які здавались йому людьми зовсім незвичайними: вони були розумними, чесними і цілеспрямованими, завжди були готові допомогти, завжди дотримували обіцянок. Вони добре знали Біблію і вміли дати напрочуд вірне пояснення найскладнішим речам. Їх поважали, до їхніх слів прислухалися, у них нерідко питали поради. Про одного хлопця, який купував за свої гроші Біблії та розвозив по занедбаних селищах, де не було церков, навіть зняли невелику телепередачу. Ігореві теж хотілося стати таким і добитися такої ж уваги та поваги. Він навіть почав навчатися у недільній школі, що спочатку було досить цікаво та захоплююче. Але потім загальний ажіотаж якось схлинув; люди «наїлися» релігії і повернулися до нормального життя — за винятком тих, хто загруз у цій справі всерйоз. Ігор придивився до своїх друзів і побачив, що вони, мабуть, надто загрузли: вони продовжували ходити до церкви і проповідувати біблійні принципи, хоча це було зовсім не престижно, і навіть більше, викликало косі погляди. Інтерес до релігії змінився новою філософією: живемо тільки раз, тому треба жити на повну котушку, усе спробувати і усюди встигнути. А друзі-християни наполегливо відмовлялися визнати цю філософію, називали її неглибокою і дотримувалися колишніх поглядів. Ігор не бачив сенсу в подібній упертості і незабаром кинув увесь цей релігійний дріб'язок, вирішивши, що треба йти в ногу з життям і вміти визнавати свої помилки...

Колеги не раз питали Ігоря про тих злочинців, хто таки злякався, не зробив кроку вперед і, таким чином, вислизнув від арешту. Але Ігор давно про це подумав, і в нього була готова відповідь:

— Не хвилюйтесь, я все передбачив. Через це зречення їх мучитиме совість. Ті, хто слабші, впадуть у депресію і вважатимуть себе негідними продовжувати свою справу; таким чином, вони вже не є небезпечними. А сильніші, навпаки, наберуться рішучості і з подвійною завзятістю візьмуться за роботу. Для таких ми влаштуємо повторні рейди; ось побачите, вони вискочать із радістю, поспішаючи виправити помилку і довести щирість свого каяття.

І він знову мав рацію. Під час повторних рейдів обов'язково знаходилося кілька людей, які саме «вискакували», іноді навіть не дочекавшись кінця команди, а почувши лише слово «християни»...

Але одного разу настав день, коли кроку вперед не зробив ніхто. Сталося це у невеликому приватному коледжі, де, за повідомленнями достовірного джерела, ходила заборонена література. Прямуючи туди, Ігор, як завжди, не сумнівався в успіху — але очікування його не виправдалися: студенти, що вишикувалися в ряд, не ворухнулися після знаменитої команди.

Намагаючись не показати свого подиву, Ігор пройшовся перед рівним строєм хлопців і вкрадливо спитав:

— Отже, я розумію, що християн серед вас немає?

Ніхто не озвався.

— Жодного? — Продовжував Ігор; погляд одного зі студентів здався йому напруженим, і він неквапом ступив до цього хлопця: — Ось ви, наприклад. Ви, бува, не християнин?

— Ні, — одразу відповів той.

«Ну, якщо ні, значить ні», — подумав Ігор і перейшов до наступного:

— А ви?

— Ні.

— А ви?

— Ні... — Ні... — Ні... — один за одним відповідали студенти.

Ігореві не залишалося нічого іншого, окрім як ретируватися.

Після цього такі випадки стали повторюватися все частіше. Рейди проходили марно, начальство було незадоволене. Ігор спробував було виправдатися тим, що всі злочинці виловлені, але офіцер, що розмовляв з ним, грубо перебив:

— Не треба клеїти мені дурня, Січко. Вам добре відомо, що заборонена література, як і раніше, розповсюджується, Інтернет рясніє крамольними сайтами, а на вулицях повно листівок, що ганьблять Єдину Церкву і новий громадський порядок. Злочинці живі-здорові та діють, тільки чомусь перестали траплятися. Мабуть, виробили нову стратегію, зрозуміли нарешті, що безглуздо лізти самим прямо в петлю. Думайте. Даю вам добу; щоб післязавтра у вас було розумне пояснення та прийнятний план дій.

Подібне поводження Ігорю дуже не сподобалося. Коротка ж у них пам'ять! Так, доводиться визнати: метод Січка з якоїсь причини почав давати збої. А скільки народу було виловлено завдяки цьому методу?! Вже забули, і поводяться так, ніби він, Ігор, у чомусь винен. Мабуть, даремно він відмовився тоді надіти погони: був би зараз у солідному чині, і ніхто не посмів би ось так ним зневажати...

Але чину в нього не було, а тому довелося виконувати наказ. Ретельно все обміркувавши, Ігор дійшов висновку, що злочинці пішли в підпілля: почувши про його рейди і не бажаючи потрапити під арешт, вони покидали навчання, роботу і втекли, і продовжують тепер свої дії по-партизанськи.

— Так, час великих і швидких уловів минув, — доповідав другого дня Ігор. — Але я вважаю, що мій метод ще себе не вичерпав. Я пропоную почати прочісувати квартири, а особливо приміські дачні селища — тим самим способом: загін поліції заходитиме в будинок і запитуватиме, чи є в сім'ї християни.

Цього разу з ним ніхто не став сперечатися, тільки старші офіцери трохи побурчали, що новий план вимагає дуже великої кількості людей, але погодилися, що поставлене завдання можна виконувати поступово, перевіряючи район за районом.

Ці нові рейди не приносили таких блискучих результатів, як колишні, але злочинців таки виявляли. Траплялося, що у відповідь на питання поліції перелякана сім'я запевняла навперебій: «Немає, немає у нас християн, звідки?!» — а хтось один, батько чи мати, син чи дочка, раптом рішуче виходив уперед: «Ні, є». Їх заарештовували і відводили під голосіння та сльози рідних.

Ігор сидів за великою картою міста і відзначав перевірені будинки, коли до нього без стуку ввалився Каменчук — один із небагатьох офіцерів, хто не висміював метод Січка і тому тепер дозволяв собі всілякі фамільярності.

— Нам дуже пощастило, але потрібна твоя допомога, — оголосив Каменчук, плюхнувшись на стілець. — Сьогодні вранці взяли на місці злочину одного мужика — розсовував у поштові скриньки заборонені книжки. Чоловік явно з запеклих, і багато знає. Але, зрозуміло, нічого не каже.

— А я тут до чого? — знизав плечима Ігор. — Допитуйте як слід, це ж ваша робота. Я в цій справі нічого не тямлю.

Каменчук махнув рукою:

— Та допитували вже, і з пристрастю. Кажу тобі, міцний горішок, зі стажем! Болю ніби зовсім не відчуває. Ні, такий нічого не скаже. З ним по-іншому треба. Допоможеш?

Ігореві хотілося, щоб Каменчук скоріше забрався і не заважав працювати.

— Гаразд, вигадаю щось...

— Та я вже все вигадав! — Каменчук спритно підсів до нього. — Дивись сюди: ми тебе підсадимо до нього в камеру, нібито заарештованого. Січеш? Ти їх манери добре знаєш, зумієш зійти за свого! І все з нього витягнеш.

Ігор відсунувся від столу, від обурення не знаходячи слів. Пропонувати таку брудну роботу *йому* , аналітику, автору нового сенсаційного методу!

— Та ти чого, Каменчук?! Що я тобі, квочка, чи що?! Підсаджуй когось із своїх, у тебе народу достатньо!

— Та ні, ти не розумієш. — Каменчук присунувся ще ближче і довірливо понизив голос: — Адже тут особливий випадок, і людина потрібна особлива, досвідчена, щоб мужик цей її не розкусив. Крім тебе нікому не впоратися. Мої хлопці що? Спостереження влаштувати, обшук там чи засідку — це будь ласка; а ось щоб злочинцем прикинутися, у довіру увійти — тут уже вищий пілотаж, такого вони не зможуть. Погорять миттєво. Ти ж сам скільки разів казав, що у бунтівників цих ціла своя філософія!

— Це так, — стримано кивнув Ігор. — Гаразд, так і бути: я виберу час і підготую твою людину. А сам у камеру не полезу — вибач.

— Нема коли готувати! — Переконував Каменчук. — Та й не підтягнеш ти його так добре, як сам знаєш усі ці справи! А я нутром чую: цей мужик знає, де ховаються інші. Якщо ми це з'ясуємо та накриємо їхнє осине гніздо, нам за це дещо світить... Січеш? Слухай мене: адже ти ніби еполети збирався вдягнути? Ось тобі найзручніший випадок. Якщо вийде, зробиш крок далеко...

Ігор замислився. Мабуть, ідейка має рацію. Ризика зовсім ніякого: навіть якщо злочинець йому не повірить, навіть якщо раптом запідозрить у ньому агента, нічого боятися — він йому нічого не зробить. На відміну від кримінальників, ці злочинці ніколи ні на кого не нападають і не прагнуть фізично розправитися зі своїми ворогами. Каменчуку, зрозуміло, цього повідомляти не треба: нехай думає, що Ігор Січко наражається на серйозну небезпеку, і нехай так і доповість начальству.

— Що ж... — неохоче промовив Ігор. — Спробувати можна...

— От і чудово! — Зрадів Каменчук. — Отже, так: вирушай зараз додому (з начальством я все залагоджу) і добре подумай, розроби собі легенду та манеру поведінки: хто ти такий, чим займався, де і як тебе взяли і так далі. Завтра приходь раніше, ми з тобою всю справу як слід відшліфуємо. Я викликаю гримера; він тобі намалює такі синці, що навіть лікар не відрізнить від справжніх.

— Навіщо?

— Як навіщо? Чи ти хочеш, щоби все було натурально? Можу влаштувати, тільки одразу попереджаю: мої хлопці б'ють боляче!

Каменчук засміявся, задоволений своїм солдафонським гумором. Ігор мляво посміхнувся.

— Гаразд, Каменчук, вважай, що переконав. Тільки врахуй, адже я за просто так голову підставляти не стану.

— Про що мова! Я сьогодні ж напишу докладний рапорт і поговорю з деякими людьми, зверну увагу...

— Зверни увагу й на те, що при всьому моєму старанні може нічого не вийти. Злочинці теж не дурні.

— Та хіба ж я не розумію? Моя ідея, твоя робота. Не вийде — значить, так тому і бути, а тобі все одно дякую. Адже не перший рік служимо!

Ігор поїхав додому і за вечір накидав собі приблизну схему. Він вирішив, що найкраще видати себе за новачка, який набрався заборонених ідей зовсім недавно. Так буде легше згладити можливі помилки: адже він, як-не-як, уже більше десяти років не мав нічого спільного з цією релігійною групою, міг уже й призабути щось із їхніх обов'язкових правил. Він скаже, що заарештований за доносом приятеля, якому вірив і якому дав почитати заборонену книжку; це має викликати співчуття, привернути до нього ту людину...

Загалом легенда склалася досить швидко. Набагато важче було вибрати правильну манеру поведінки. Якщо він новачок, то, мабуть, має бути трохи розгублений і наляканий. Він виглядатиме побитим — значить, рухатися треба повільно, насилу, ніби перемагаючи біль. Чи потрібно показувати хвилювання та страх? Чи навпаки, всіляко наголошувати на своїй гарячій вірі, такій, за яку не страшно й померти? Чи не буде це фальшивим? Може, варто спочатку зайти в якусь іншу камеру, подивитися, як поводяться інші такі злочинці? Що вони роблять, про що кажуть? Мабуть, треба буде висловити цю думку Каменчуку.

Каменчук погодився, що ознайомитися з поведінкою інших заарештованих буде корисно, і, поки гример малював Ігореві жахливого вигляду синець у половину обличчя, включив йому кілька записів із розмов злочинців.

— Ви записуєте все, що говориться у камерах? — Запитав Ігор.

— А ти думав? Звісно. Кожне слово, і вдень, і вночі.

— То ж заарештовані, мабуть, про це знають?

— Здогадуються, звісно. Але ми цього не показуємо, ніколи не використовуємо підслухану інформацію на допитах, тож згодом деякі втрачають обережність.

У записаних розмовах не виявилося нічого несподіваного: заарештовані небагатослівно підбадьорювали один одного, питали про самопочуття, іноді розповідали прості історії, які зовсім нічого не значили, і часто молилися. Слухаючи ці молитви, Ігор почував себе якось недобре. Всупереч очікуванням, це були не безладні благання про порятунок; не було там і бідкання, сліз чи скарг на злу долю. Простими, нехитрими словами ці дивні люди дякували Богові за прожите життя і вибачалися за те, що, можливо, не змогли зробити всього, що мали зробити. Вони просили захисту і втіхи рідним і друзям, що залишилися на волі, намагаючись не називати останніх на ім'я, а собі просили лише стійкості і сил, щоб, якщо прийшла їхня година померти, гідно пройти ці останні кроки свого земного життя.

Ця сувора мужність вразила та налякала Ігоря Січка. Він раптом зрозумів, що недооцінив супротивника і віднісся до поставленого завдання дуже легковажно. Незважаючи на свої знання, якими він так пишався, Ігор побачив, що зовсім не уявляв собі, з ким йому доведеться зіткнутися віч-на-віч.

— Чуєш, Каменчук... — обережно почав він. — На мою думку, ми дуже поспішаємо. Не можна так одразу, треба було б краще все відладнати.

— Все нормально, — недбало відповів Каменчук, який, схоже, був надзвичайно задоволений своєю хитрою вигадкою і про себе вже святкував перемогу. — Усе у нас опрацьовано. Легенда гарна, не підкопаєшся. Зараз висушимо твій синець — і вперед!

Ігор невдоволено скривився. Добре йому говорити, сидячи тут, у кабінеті!.. Він рішуче відвів руку гримера, який наносив останні штрихи.

— Ти як хочеш, а я попросив би ще хоч пару днів. Я не готовий.

— Та ти що?! — здійнявся Каменчук. — Що означає «не готовий»? Здрейфив, чи що? Не боїсь, ви будете під постійним наглядом: якщо що — ми відразу втрутимось. А зволікати не можна — не можна, друже Січко! Ти знаєш, що зараз нагорі коїться? Ні? А я знаю. Начальство нам з тобою за найменшу затримку голови познімає!

Ігор зрозумів, що справа зайшла надто далеко, і повертати назад уже пізно. Ех, який же він був дурень, що полінувався тоді і не став офіцером! Зараз би цей Каменчук стояв перед ним навитяжку, а не заганяв його у смердючу камеру до злочинця.

— Ану, покажи свій портрет. — Каменчук безцеремонно взяв Ігоря за підборіддя, повернув його обличчя до світла і захоплено клацнув язиком: — Ай, краса! Супер! Якби я не знав, що це намальовано — нізащо не запідозрив би.

Він повернувся до гримера.

— Класно спрацьовано. Значить, кажеш, коли висохне — можна буде вмиватися?

— Навіть із милом, — не без гордості підтвердив гример. — Фарби розроблені за новітньою технологією, і змиваються лише спеціальним розчином. Більше того, вони навіть згодом змінюватимуть колір, як належить справжнім синцям: потемніють, згустяться, підуть багряними і жовтими плямами.

— Чув? — тріумфував Каменчук. — Тож нема чого турбуватися, все буде в ажурі! А тепер, поки в тебе сохне твій макіяж, давай ще раз все повторимо. Значить так: прізвище твоє Свиридов, живеш у Броварах, працюєш у піцерії. Заарештований вчора, за доносом приятеля — це ти непогано вигадав.

Каменчук реготнув і додав:

— Під час арешту стукнуть мордою об стіну. Докази очевидні!

Крокуючи в супроводі конвою довгим тюремним коридором, Ігор намагався вгамувати хвилювання і уявити себе в шкурі арештанта. Ось вони так само йдуть тут уперше, в кайданах або просто заклавши руки за спину, чують за собою важкі кроки конвою, дивляться на ці похмурі стіни. Про що вони думають?.. Бояться?.. Чи розуміють, що можуть звідси не вийти?

— Стояти! Обличчям до стіни! — звично скомандував один із конвойних.

Ігор виконав наказ. Каменчук попередив, що конвой нічого не знає, тож треба поводитися добре — бо можуть і справжніх синців понаставити...

Солдат відчинив важкі залізні двері камери:

— Заходь!

Ігор зайшов, і двері гулко зачинилися за його спиною, відрізавши шлях до відступу.

Камера виявилася невеликою та похмурою, крихітна лампочка ледь світилася під стелею. Ігор побачив стіл і два ліжка, на одному з яких напівлежав чоловік у светрі та потертих джинсах. На вигляд йому було близько сорока років; густе жорстке волосся їжачком, великі, вольові риси обличчя, спокійний і пильний погляд, під яким Ігор знову почув себе недобре. «І справді, материй...» — подумалося йому.

Ігор якийсь час постояв у нерішучості, потім сказав, не придумавши нічого кращого:

— Здрастуйте...

— Доброго дня, — тихо відповів заарештований; голос у нього був трохи хрипкуватий, наче застуджений. — Що стоїш, проходь, розташовуйся. Як тебе звати?

— Ігор. А вас?

— Кирило. Давай на «ти», так буде краще. Вибач, що не подаю руки — вона в мене, здається, зламана.

Ігор не відзначався зайвою сумлінністю, але зараз йому стало соромно за свій фальшивий синець.

— Зламана?.. — перепитав він, підходячи ближче.

— Так, мабуть. Принаймні майже не слухається... А тобі, я бачу, теж дісталося?

Ігор опустився на ліжко і промовив як міг байдужіше:

— Так... Вдарили під час арешту... Що, дуже помітно?

— Помітно.

Запанувала мовчанка. Кирило нічого більше не питав, а Ігор не знав, що сказати. Страх викриття заважав йому вести себе природно; йому здавалося, що будь-яке питання з його боку відразу його видасть. Але й мовчати теж не можна було; треба було постаратися зміцнити цей начебто налагоджений контакт.

— А ти давно тут? — нарешті ризикнув Ігор.

— Третій день.

— ...Б'ють?

— Не без цього.

— За що?

Кирило посміхнувся.

— Відомо, за що... Щоб свідчення дав. Тільки давай про це не будемо: вони ж кожне наше слово прослуховують.

Ігор здивував:

— Так? Звідки ти знаєш?

— А чого тут знати? Щоб у в'язниці Особливої Поліції не було підслуховуючих пристроїв? Сам подумай.

— Так, справді...

Ігор зрозумів, що місія його не вдасться, і від цього йому навіть полегшало: от і добре; Каменчук побачить, що злочинцеві відомо про підслуховуючі пристрої, зрозуміє, що нічого не вийде, і припинить всю цю витівку.

А поки що треба якось скоротати час. Ігор заліз з ногами на ліжко і насупився, не знаючи, чи треба тепер продовжувати розмову. Цікаво, коли Каменчук його звідси забере? Все ж таки не хотілося б, щоб цей хлопець встиг розгадати в ньому агента...

— Тож будь обережний, коли розмовлятимеш, — сказав Кирило.

— Гаразд... Дякую, що попередив. Тільки мені й приховувати нічого. Поліція вже все про мене знає.

— А як тебе взяли?

— Вночі нагрянули з обшуком. Книги знайшли...

Кирило дивився з розумінням і співчуттям.

— Доніс хтось?

— Так. — Ігор зітхнув, намагаючись показати відповідні переживання. — Приятель. Я йому дав дечого почитати... ну і... ось.

— Ясно. — Кирило помовчав, погладжуючи здоровою рукою хвору — вона, мабуть, нила. — Зараз багато зраджують...

— Тебе теж хтось видав? — Обережно поцікавився Ігор.

— Ні, зі мною все простіше. Мене взяли на місці злочину. Я розкладав брошури до поштових скриньок одного з будинків, і нарвався на патруль.

— Погано... — Ігор подумав і зважився ще на одну спробу: — Чого ж їм ще від тебе треба? Начебто все і так ясно. Навіщо б'ють?

Але Кирило кинув на нього швидкий і суворий погляд і нічого не сказав.

Через якийсь час їм принесли поїсти: дві алюмінієві миски, наповнені чимось рідким, два кухлі з чаєм і два шматки хліба. Ігор узяв свою миску і не без цікавості до неї зазирнув. Ось це і є тюремна баланда? Якась незрозуміла юшка, чи то суп, чи каша... Їсти це Ігореві зовсім не хотілося. Він глянув на Кирила — той обережно черпав з миски, ніяково тримаючи ложку в лівій руці; права неживою лежала в нього на колінах. Ігоря раптом пересмикнуло: адже він теж ламав собі руку, тільки давно, ще в школі, але пам'ятав досі, який це був сильний біль. Навіть міцно зафіксована в гіпсі, рука не давала йому спокою кілька діб, ні вночі, ні вдень.

— Ти чого не їси? — спитав Кирило.

Застигнутий зненацька, Ігор мерзлякувато зіщулився, хоча в камері не було холодно.

— Не хочеться... Перенервувався, мабуть.

— Краще поїж, бо до вечері не дотягнеш.

Ну, припустимо, дотягувати до вечері Ігор і не збирався — Каменчук ось-ось повинен його звідси забрати. Але показувати цього не можна було. Ігор вмочив свою ложку в баланду та обережно спробував. Тьху, гидота яка! Охолола, несолона, віддає незрозуміло чим...

— Ні, справді не хочеться. Хочеш, візьми мою порцію?

Кирило уважно подивився на нього.

— Кажу тобі, за кілька годин ти про це пошкодуєш.

— Бери, бери. Я ось хліб свій залишу про всяк випадок, якщо раптом стане голодно.

Ігор відсунув від себе миску, задоволений цією вдалою ідеєю: хай скажуть тепер, що він погано намагався увійти в довіру до злочинця!

— Ну, дякую. — Кирило прийняв миску. — Тільки ти тоді й мій хліб візьми. Побачиш, знадобиться...

Ігор не став заперечувати і поклав обидва шматочки на кут столу. За кілька хвилин до камери зайшов охоронець забрати порожній посуд. Ігор кинув на нього допитливий погляд, чекаючи, що той покличе його «на допит», але охоронець вийшов, нічого не сказавши.

Кирило знову заліз на ліжко, обережно притримуючи правицю лівою рукою. Ігор мимоволі стежив за ним поглядом, побоюючись, що він незграбним рухом завдасть собі болю. Як це він терпить? Як умудряється залишатися абсолютно спокійним, принаймні зовні?..

Заарештований перехопив його погляд.

— Чого ти?

Ігор вирішив, що може, мабуть, вперше чесно сказати те, що думає:

— Як же ти, з рукою?.. Адже треба гіпс накласти...

— Думаю, не буде потрібно.

— ...Чому? — приголомшено видихнув Ігор, хоч насправді чудово все зрозумів.

— Саме тому. Я добре знаю, що на мене чекає.

— І... не боїшся?

— Я знав, на що йду. Хіба ти ні?

— Знав, звісно, — схаменувся Ігор. — Але все-таки... Арешт — це така справа... б'є по нервах...

Він ліг і втупився в стелю, відчуваючи, що ледве не проколовся, і сердився на себе. Чорт його смикнув погодитися залізти в камеру! Скільки йому тут ще стирчати? Каменчук, собака, думає він його забирати чи ні?! Невже не бачить, що все вже ясно, що нічого не вийде? Тут і заразу якусь недовго підхопити ...

Але за ним усе не приходили та не приходили. Ігор вдав, що задрімав, зрозумівши, що має на це право після нібито безсонної ночі, сповненої хвилювання з приводу арешта і перших допитів. Із заплющеними очима він тихо лежав на ліжку, не розуміючи, чому зволікає Каменчук, клянячи того на чому світ стоїть і сходячи безсилою люттю. Як і попереджав Кирило, порожній шлунок давав себе знати все наполегливіше. Ігор із задоволенням пожував би припасений хліб, але зробити це заважало якесь дивне, подвійне почуття — чи то гордість, чи то сором.

Так минуло кілька довгих, нудних годин. Нарешті важкі двері зі скрипом відчинилися.

— Свиридов, на вихід!

Ігор насилу стримав поспішне бажання схопитися й стрімголов вибігти геть. Вчасно схаменувшись, він підвівся і нерішуче глянув на Кирила, ніби шукаючи підтримки. Той підбадьорливо кивнув йому:

— Іди з Богом.

— Ворушись! — гаркнув конвойний.

Опинившись у кабінеті Каменчука, Ігор хотів було з порога висловити йому все, що накипіло, але Каменчук його випередив:

— Слухай, друже, та що ж це ти робиш?! — накинувся він на нього. — Чого ти раптом замовк? Так у вас все добре починалося, так славно розмовляли, скорефанувалися — і на тобі! Замовк! Ми тут сидимо-сидимо, чекаємо, слухаємо — і нічого, тиша, тільки плівка даремно крутиться! Ти що, очманів?!

Ігор задихнувся від обурення.

— Я очманів?! Це ти очманів! Хіба не чув, що він сказав?! Він знає про підслуховування! А як знає, то й не скаже нічого! Якого біса ти тримав мене там ще кілька годин?!

— Що означає «якого біса тримав»?! — витріщив очі Каменчук. — А ти що думав? Трохи не виходить — і одразу додому?! Задкувати?! Ні, брате, так воно не робиться! Це тобі не донесення писати, сидячи у зручному кріслі!

Але Ігор, зазвичай спокійний і не дуже рішучий, був зараз розлютований, і поступатися не збирався.

— От і підсаджуй до нього своїх людей, а я робитиму свою справу! Так, сидіти в кріслі і писати повідомлення! Я до тебе в агентуру не наймався, такої роботи не вчився і не збираюся! Ясно тобі?!

Каменчук примирливо підняв руки:

— Гаразд. Гаразд, вибач. Давай-но обидва охолонемо. Присядь.

Ігор сів, відчуваючи, як роздратування ще клекоче у нього в грудях. Каменчук теж опустився на стілець, нервовим рухом розстебнув комір і закурив.

— Ти маєш рацію. Ти не пройшов спеціальну школу, а без підготовки справді важко. Але й мене зрозумій: немає в мене іншої такої людини. Ну немає, і все! А згори тиснуть. Результатів вимагають.

— Ну, то й скажи їм, що результатів не буде, нехай заспокояться!

— Ага! Щоб мені шию звернули! Та й тобі, до речі, також. Ще й першому.

Ігор зрозумів натяк. Так, ідея належала Каменчуку — але ж запоров її він. Якщо схоче, Каменчук може все звалити на нього, він такий, хоч і прикидається своїм у дошку. Мабуть, ліпше з ним не сваритись, краще залишатися союзниками.

— Дай закурити.

Каменчук здивовано глянув на нього.

— Збожеволів? Ти сам казав, що ці злочинці не курять. Якщо від тебе нестиме тютюном, він тебе відразу розкриє!

Ігор схопився, знову не пам'ятаючи себе від люті:

— Що?! Ти що це розмріявся, що я знову туди піду?! А ось це бачив?

Каменчук глянув на дулю і зло підтис губи — але стримався.

— Я тебе прошу. Хоча б ще на кілька годин. Інакше нам обом буде дуже, дуже погано, повір мені.

— Та який у цьому сенс?! — гарячкував Ігор. — Він нічого мені не скаже! Хіба не бачиш?!

— Бачу. Хоча... хто знає...

— Я знаю, я! Я двічі намагався випитати у нього. Якщо спробую ще раз, він зрозуміє все, невже не ясно?!

Каменчук наполегливо подався вперед:

— А ти все ж таки спробуй. Не прямо, звичайно. Просто побудь з ним ще трохи... Хоча б для того, щоб у нас з тобою було більше доказів, що ми зробили усе можливе. Розумієш?

Ігор розумів. Підстрахуватися, звичайно, не заважало б, якщо начальство так цікавиться цією операцією — але ж для цього треба знову лізти в камеру!

— Ми тобі підмалюємо ще пару синьців, — вів далі Каменчук, підбадьорений його мовчанням. — Можливо, це якось порушить справу, спровокує розмову... У всякому разі, ти почуватимешся впевненіше, та й звітуватиметься буде про що. Посиди-но, я схожу за гримером.

І, не даючи Ігореві заперечити, Каменчук поспішно вийшов.

Ігор чортихнувся і похитав головою. Чому він завжди дозволяє плести із себе постоли?.. З коридору потягло солодким запахом свіжих булок; хтось, мабуть, збирався пити чай. Від цього запаху в Ігоря звело шлунок — адже він не їв з самого ранку. Треба сказати Каменчуку, щоб приніс чогось...

Незабаром прийшов гример, неквапливо розклав свої фарби та всілякі малярні причандали. Каменчук не повертався.

— Я зроблю вам розбиту брову, — сказав гример. — Це виглядає дуже ефектно та натурально. Згодні?

— Мені байдуже, — втомлено відгукнувся Ігор. — Робіть, що хочете.

Гример приступив до роботи. Ігор мовчки терпів усе, що витворяли з його обличчям, слухняно тримав голову в належному стані. Порожній шлунок зводило все сильніше. Де ж бо цей триклятий Каменчук?!

Час минав, гример, ніби до надокучливості заслужливий перукар, продовжував крутитися навколо Ігоря. Ігор не витримав:

— Скоро?

— Все, все ... Вже зробив. Посидіть, щоби підсохло.

За півгодини заскочив нарешті Каменчук, швидко, на ходу, глянув на Ігоря:

— Ну, що, готово? Чудово. Я зараз покличу конвой.

— Стривай, дай мені поїсти чогось. Адже я з самого ранку...

Каменчук співчутливо розвів руками:

— Вибач, брате, не можу: ти тоді знову в камері їсти не будеш, а це не діло. Наводить, знаєш, на підозри.

І він, швидко натиснувши кнопку виклику конвою, знову вискочив у коридор. Ігор навіть не зміг розлютитися, тільки розгублено кліпав очима. Він ще хоче змусити його ковтати цю тюремну погань?!..

У супроводі конвою Ігор знову крокував довгими коридорами, згортав, зупинявся, підкоряючись коротким наказам, чекав, поки конвойний відчинить чергові загратовані двері, і крокував далі. Очі його горіли злим і впертим вогнем. Гаразд, Каменчук... Ось, виходить, ти як? Гаразд... Ми ще побачимо, хто кого. Він, Ігор, навмисне тепер не скаже ні слова, навіть не намагатиметься нічого вивідати. Можеш кричати і шаленіти скільки завгодно. А він, тільки-но вийде звідси, одразу напише докладний рапорт, де детально викладе, як із самого початку попереджав офіцера Каменчука про недостатню підготовленість операції, говорив про це кілька разів. А офіцер Каменчук не послухався і, бажаючи вислужитися, змусив його приступити до виконання непроробленого завдання. Отоді й подивимося...

У камері було так само тихо і похмуро. Ігор мовчки пройшов до свого ліжка, уникаючи дивитись на Кирила і відчуваючи на собі його співчутливий погляд. Цього ще не вистачало — щоб він тут почав його втішати, виявляти свою християнську братолюбність і співчуття!.. Але Кирило нічого не сказав, і взагалі не ліз із розмовами до самої вечері, за що Ігор був певною мірою вдячний.

Вечері він ледве дочекався. Два невеликі шматки хліба, які він постарався непомітно взяти зі столу, тільки роздратували апетит і посилили відчуття голоду. Нарешті, принесли ту ж саму холодну рідку баланду — чи то суп, чи то кашу. Цього разу вона здалася Ігореві не такою огидною. Мабуть, її можна проковтнути; їсть же її Кирило, і сотні інших в'язнів їдять її — і нічого.

Після вечері Ігор ліг і не без зловтіхи став складати свій майбутній рапорт. Каменчук знову збрехав, обіцяв забрати його за кілька годин і знову зволікає? Нічого, нічого: коли Ігор вийде звідси, у нього вже буде готова зброя та ще яка; залишиться лише записати все на папір. Що довше він тут сидить, тим краще заточить свою зброю; ти ще про це пошкодуєш, Каменчук!

Кирило про щось запитав його — обережно, ніби побоюючись зачепити поранену, зболілу душу. Захоплений уявною роботою над рапортом, Ігор відповів похмуро і однозначно, і Кирило тактовно не став нав'язуватися. Він, здається, непоганий хлопець, цей Кирило... І чого він, дурень, поліз гратися у ці ігри? Адже було офіційно оголошено: відкривається Єдина Церква, всі релігії та конфесії мають увійти до неї та прийняти її статут, а хто не бажає, вважається відтепер злочинцем. Насаджувати релігійні ідеї, що суперечать вченню Єдиної Церкви, також заборонено. Ну, і навіщо лізти на чортові на вила? Адже скільки народу загинуло через це...

Собака-Каменчук залишив Ігоря в камері на всю ніч, і до ранку той підготував вбивчого рапорта. Коли після сніданку його знову повели «на допит», Ігор внутрішньо тріумфував, відчуваючи, як зараз же вимагатиме, щоб його пустили до комп'ютера і, не кажучи Каменчуку ні слова, швидко настрочить рапорт, який одразу ж і відішле, кому слід. Більше він не дасть постоли з себе плести, і цього разу зуміє домогтися свого. Він вже уявляв собі розгублену пику Каменчука, який, звичайно ж, не чекає від нього такої спритності, вважає його ідіотом, уявляє, що може робити з ним все, що завгодно!

Однак у кабінеті на Ігоря чекав сюрприз. Замість Каменчука за столом сидів незнайомий офіцер, який втупив у нього такий начальницько-злісний погляд, що Ігор зніяковів.

— Агенте Січко, ви працюєте огидно, а якщо бути точнішим, то не працюєте зовсім! І якщо ви думаєте, що вам це зійде з рук, то дуже помиляєтеся!

— А де... офіцер Каменчук?.. — тільки й зміг промимрити Ігор.

— Офіцера Каменчука переведено на інше завдання, а матеріали щодо цієї майже занапащеної вами операції передані мені. І будьте певні, я зумію довести її до кінця!

Занапащеної *ним* операції?! Незаслужене звинувачення додало Ігореві рішучості, він підняв голову і різко заперечив:

— Я не вважаю, що винен у провалі цієї операції. Я з самого початку попереджав офіцера Каменчука, що вона недостатньо підготовлена. Дозвольте, я напишу докладний рапорт.

— Рапорта я вже маю. — Офіцер прихлопнув рукою стос паперу, що лежав у нього на столі. — Рапорт Каменчука, де досить ясно викладено суть справи. Яка полягає в тому, що ви, агент Січко, спочатку не хотіли брати участь в операції і не вірили в її успіх. Каменчук зробив вам все: роз'яснив завдання, допоміг відпрацювати легенду, дав прослухати записи розмов заарештованих, забезпечив чудовий грим. Ви ж наполегливо не хотіли працювати, продовжували вигадувати відмовки та тягнути час.

Ігор був прикутий на місці. Випередив же, гад!

— А тому, — вів далі офіцер, — я згоден з думкою Каменчука, що невдача викликана недостатнім старанням з вашого боку, і вважаю, що він допустив з вами невиправдану м'якість. Цілком зрозумілу з огляду на ваші з ним приятельські відносини, але абсолютно неприпустиму.

Офіцер витримав невелику паузу, немов перевіряючи дію своїх слів, і жорстко закінчив:

— Зі мною цього не буде. Ви повернетесь до камери і сидітимете там до тих пір, поки не дізнаєтеся про все, що мені потрібно. Вам зрозуміло?

— Але... це неможливо, — слабо намагався оборонятися Ігор, жахаючись подібною перспективою. — Я вже казав: хоч би скільки я просидів у камері, арештований нічого мені не скаже, бо знає про підслуховувальні пристрої...

— Дурниці! — відрізав офіцер. — Знову відмовки! Жалюгідні відмовки, що вказують лише на вашу повну некомпетентність та небажання виявити винахідливість!

Ігор вибухнув.

— А я й попереджав, що я в цій справі некомпетентний! Я не навчався агентурної роботи, я аналітик, я, що б ви знали, надав у розпорядження поліції новий метод, за допомогою якого виловлено тисячі небезпечних злочинців! Я...

— Це мене не стосується, — байдуже перебив офіцер. — У цій дорученій мені операції ви берете участь як підсадний агент, і я зможу змусити вас виконати вашу роботу.

— Так? Яким же це, цікаво, чином?

Офіцер глянув на нього довгим, пильним поглядом.

— «Чинів» у моєму розпорядженні достатньо, повірте. І краще не змушуйте мене вдаватися до них. Давайте відкинемо емоції та перейдемо до справи. Ви стверджуєте, що вам заважають пристрої, що підслухують. Добре — вам влаштують прогулянку. Якщо потрібно, кілька. Під час прогулянок ніхто не підслухає ваших розмов і заарештований це зрозуміє. Як бачите, ця надумана вами проблема має просте рішення.

Ігор мовчав.

— Вам все зрозуміло? — жорстко спитав офіцер. — Якщо так, то негайно вирушайте до камери.

Це було вже надто. Що це він собі дозволяє?

— Нікуди я не піду! — озвався Ігор. — Я вимагаю, щоб дали мені можливість написати рапорт!

— Ваш рапорт нікому не потрібний.

Офіцер натиснув кнопку та викликав конвой. До кабінету з байдужим виглядом увійшов солдат.

— Руки за спину. Повертайся.

— Я сказав, що нікуди не піду! — не тямлячи себе, скажено заволав Ігор.— Поки не напишу рапорт!

— Здається, мені таки доведеться вам дещо пояснити, — спокійно сказав офіцер і зробив конвойному якийсь ледь помітний знак.

Від першого удару Ігор злякано скрикнув і зігнувся навпіл; другий удар, в обличчя, змусив його розпрямитися; третій відкинув до стіни. Все це сталося з неймовірною швидкістю — раз, два, три, і ось уже Ігор, оглушений болем і розчавлений жахом, повільно осідав по стіні, наче звідкись здалеку чуючи незворушний голос офіцера:

— Годі... Досить з нього.

Минув якийсь час — мабуть, кілька хвилин. Все навколо гойдалось і плавало, а всередині заходилося болем; Ігор і не підозрював, що буває такий сильний біль.

— Підніміть його, посадіть сюди, — сказав той самий голос. — Нехай прийде до тями.

Міцні руки солдата безцеремонно схопили Ігоря, смикнули вгору і так само безцеремонно кинули на стілець. Офіцер почекав трохи, потім підвівся і наблизився.

— Я думаю, тепер вам усе ясно? Так чи ні?

Ігор був зламаний. Його ніколи раніше не били.

— Так...

— Виведіть.

Ігор не пам'ятав, як дістався камери. Там із ним трапилася істерика. Повалившись на ліжко, він засіпався раптом від судомних ридань, розмазуючи по розбитому обличчю сльози та кров. Кирило нечутно підійшов, обережно торкнув за плече.

— ...Боляче, так? Дуже?

Ігор, як міг, відвертався від нього, ховав обличчя. Це співчуття було для нього нестерпним.

— Іди... Іди геть!

Кирило послухався був, але одразу повернувся, знову поклав долоню на тремтяче Ігореве плече і щось заговорив зовсім тихо, майже пошепки. Ігор навіть не почув спочатку, а коли розібрав слова, сіпнувся, наче від удару струмом.

— Господи, допоможи йому... Полегши його біль, душевний та фізичний... Дай йому сил, Господи, допоможи, зміцни...

Ця людина за нього молилася!

— Облиш!!! — з останніх сил люто вигукнув Ігор. — Іди, сказав! Іди від мене!

Кирило відібрав руку і відійшов.

Ігор не знав, скільки пройшло часу. Поступово судоми припинилися, він заспокоївся, але не знаходив сил поворухнутися і встати. При одній думці про майбутнє йому ставало погано: він бачив, що потрапив у лапи чогось страшного та безжального, і не знає, як вирватися. Особлива Поліція може все; вона не визнає законів, не цінує людей і не пам'ятає наданих їй послуг. Він думав, що назавжди убезпечив себе, зв'язавшись із нею, ставши агентом, подарувавши їй свій дивовижний метод. Він помилився. Жалюгідна піщинка на ім'я Ігор Січко нічого не означає для цього величезного механізму, якому не відома подяка.

Гидко заверещали двері.

— Обидва на вихід!

Ігор чув, як рипнуло ліжко Кирила. Ну їх усіх до біса, нікуди він не піде.

— Обидва, я сказав! — гукнув охоронець.

Ігор здригнувся: у цьому голосі ясно чулася погроза. Тут не буває порожніх погроз, він тепер це знав. Він відвернувся від стіни і важко підвівся. Все, що завгодно, тільки не нові побої.

Поруч стояв Кирило, як завжди, притримуючи праву руку лівою.

— Допомогти тобі встати? — тихо спитав він.

— Я сам.

Їх вивели на внутрішній двір. Там, насторожено поглядаючи один на одного, мляво тинялися арештанти. Прогулянка! Так, звичайно. Вони не відступляться, не відстануть, доки не доб'ються свого. Не випустять зі своїх чіпких лап, доки не отримають того, що їм треба, так і будуть вимотувати, вимучувати, приводити до кабінету, загрожувати, бити...

Треба щось робити, щось вигадати; треба боротися за себе, треба якось звідси вирватися. Запалений мозок Ігоря гарячково запрацював і несподівано підказав ідею, за яку той ухопився щосили. Варто спробувати. Це останній шанс. Правди цей Кирило все одно не розкриє, занадто він обережний і досвідчений... Але, можливо, зі співчуття погодиться допомогти...

Зібравши всю свою волю, Ігор повільно попрямував до Кирила. Той нерухомо стояв посеред двору, все так само притримуючи зламану руку, дивився кудись угору і на повні груди вдихав свіже повітря — це було видно по тому, як поступово піднімалися і опускалися його плечі. Ігор підійшов і став поруч.

— Поговорити треба... Тільки тихо...

Кирило ледь помітно кивнув головою.

— Давай відійдемо.

Вони повільно пішли двором, намагаючись віддалитися від охорони.

— Що? — спитав Кирило.

— Вони хочуть, щоб я в тебе дізнався, де твої друзі. За це й б'ють. Я відмовлявся, терпів... Але більше не можу. Це правда. Ти... придумай якусь адресу і скажи мені... а я їм передам... щоби відстали... я більше не можу.

Кирило мовчав кілька томно-довгих секунд, продовжуючи неквапом крокувати кам'яними плитами двору, потім тихо промовив:

— Скажи мені, тільки чесно: навіщо ти у все це вліз?

Ігор був захоплений зненацька, але постарався швидко зорієнтуватися.

— Навіщо? Як навіщо? Через віру... За Біблією...

— Я не про це, — спокійно перебив Кирило, не зважаючи на нього. — Я говорю про агентурну роботу.

Ігор похолов, усередині все обірвалося. Він знає!

— Як?.. Ти що?.. — безпорадно забелькотів він. — Ти що, гадаєш, я агент?!

— Я не гадаю, я знаю. То скажи мені, навіщо ти це робиш?

Ігор не міг вимовити ні слова; він був ніби паралізований і майже несвідомо продовжував йти за Кирилом. Все провалилося. Ця людина все знає, розраховувати на її допомогу тепер марно. Ігор не стільки розумів, скільки відчував це всім своїм єством і кочнів від жаху, і тільки одна думка билася у нього в голові: «Це Бог... Бог карає мене за те, що я занапастив стільки Його дітей...»

— Чого ж ти мовчиш? — спитав Кирило.

Голос його залишався спокійним і тихим — він, мабуть, мав неабияку витримку і вмів добре приховувати свої почуття: не міг же він не відчувати ненависті до підсадного агента. Що, коли він раптом зараз обернеться і вхопить за горло?.. Залишалося тільки надіятися на ту саму біблійну заповідь про прощення ворогів, яку Ігор нерідко висміював.

— Чому це ти робиш? — повторив Кирило своє запитання. — Ти нас за щось ненавидиш?

— ...Ні, — насилу видавив із себе Ігор.

— Ти ображений на Бога, не можеш пробачити Йому якусь невиконану молитву?

— Н-ні ...

— Тоді чому?

Але Ігор, як і раніше, не міг нічого сказати. Кирило ще зачекав на відповідь, потім зітхнув і тихо промовив:

— Мені тебе шкода.

І, повернувшись, повільно побрів назад. Ігор наздогнав його і спитав, сам не знаючи навіщо — мабуть, просто від розпачу:

— Що ж мені робити?..

Кирило зупинився.

— Як і в будь-якої людини, ти маєш два шляхи: перший — звернутися до Бога, другий — продовжувати жити, як раніше, сподіваючись, що Бога таки немає, і відповідати за свої витівки не доведеться. Ось і все; більше мені нема чого тобі сказати.

Ледве переставляючи ноги, Ігор відійшов углиб двору і притулився до стіни. «Господи, якби вибратися звідси... Господи, якщо я зможу вибратися — значить, Ти існуєш... і я... я тоді служитиму Тобі. Так, я зробив багато зла... але ж я не знав, не думав... Я служитиму Тобі, як зможу... Згадаю все, що знав... Знайду і вивчу Біблію, та інші заборонені книги... Тільки допоможи мені вибратися звідси!»

Другого дня електричка Київ-Житомир, весело постукуючи колесами, швидко несла Ігоря Січка геть від столиці. Добропорядні пасажири підозріло косилися на юнака з припухлим, розбитим обличчям. Ігор не звертав на це уваги. Він сидів біля вікна і, ніби заново народившись, жадібно дивився на строкатий осінній краєвид, що пробігав повз нього, ніби навмисне підсвічений сонцем, зазвичай таким рідкісним у холодні жовтневі дні.

Ігор все ще не вірив, що звільнився, що зумів вирватися із цього жахіття. Все сталося швидко, немов у гарячковому сні, події закрутилися вихором і досі ще не осіли як слід у пам'яті, не набули відповідного порядку. Ігор зі здриганням згадував, як його знову повели «на допит», і як дорогою до того страшного кабінету він вигадав рятівну брехню. Поводячись впевнено і задоволено, він сказав суворому офіцерові, що навмисне розіграв у камері істерику, бажаючи використати деякі одному йому відомі психологічні особливості цього виду злочинців, і що задум здійснився: під час прогулянки він з'ясував усе, що треба. На жаль, накрити спільників навряд чи вийде, оскільки вони, мабуть, уже встигли далеко втекти. Справа в тому, що ця група домовилася між собою про надзвичайно хитру штуку: як тільки один з них не повертається в призначений час з чергової небезпечної вилазки, решта відразу знімається і змінює укриття. Причому нове місце ніколи не обирають заздалегідь, щоб той, кого заарештують, не знав його і не міг видати.

— Ось що... — задумливо простягнув офіцер. — Ти дивися, як винахідливо... А чи багато їх у цій групі?

— Ні, тільки шестеро, — з легкістю збрехав Ігор. — Отже, я думаю, ми можемо зі спокійною совістю махнути на них рукою: всі вони досить швидко попадуться на «Крок уперед», або на місці злочину. Наші патрулі працюють чітко, як годинник.

Офіцер з цікавістю глянув на нього.

— Мабуть, так. А ви молодець, Січко. Можете, виявляється, добре працювати, якщо захочете ... Гаразд, вмийтеся і йдіть відпочивати. Тільки спочатку напишіть рапорт. І... вибачте за жорсткі методи.

Ігор майже побіг коридором, боячись повірити, що все позаду, і твердо вирішивши сьогодні ж забратися з Києва, подалі від Особливої Поліції, яка всюди розкинула свої щупальця.

Щоб не викликати підозри, він вирішив-таки написати необхідний рапорт, як би не хотілося йому якнайшвидше залишити цю прокляту будівлю. Ігор попрямував до кабінету, де зазвичай працював, і дорогою зіткнувся з досить високим начальством, яке знало його в обличчя і навіть кілька разів зволило висловити усні похвали його геніальному методу. Побачивши Ігоря, прикрашеного справжніми та фальшивими синцями, начальство оторопіло:

— Січко?! Що це з вами таке?!

Ігор із гіркотою розповів, у яку авантюру втягнув його офіцер Каменчук і як потім зрадливо кинув. Розповів і про «жорсткі методи» його спадкоємця. Начальство розлютилося і почервоніло так, що не могло залишатися сумнівів: і Каменчуку, і суворому офіцеру тепер дістанеться на горіхи.

— Це чорт знає, що таке! — вирувало начальство. — Так поводитися з кращими, незамінними кадрами!.. Ось що, Січко: вирушайте ви у тритижневу відпустку. Прямо зараз. Оговтайтесь, підлікуйтеся. А я розберуся з цим. Рапорт напишете вдома і надішлете мені, коли зможете.

Ігор кинувся додому і почав спішно пакувати речі. Чомусь одразу вирішив, що поїде на Житомирщину. Відсидиться там якийсь час, подумає, що робити далі, де і як краще сховатися. Більше він не гратиме в ці ігри — вистачить, годі. Його не чекатимуть три тижні; цього буде достатньо, щоб забратися кудись подалі і гарненько заплутати сліди.

Упакувавши найнеобхідніше, Ігор вирушив на вокзал і взяв квиток за чужими документами, які заготовив собі ще давно, про всяк випадок, наче очукував лиха. І ось тепер він сидів біля вагонного вікна, слухав стукіт коліс і дивився на будинки і дерева, що бігли повз нього, радіючи швидкості, з якою віддаляється він від недавнього кошмару. Бог існує. Бог пробачив його, повірив йому та допоміг врятуватися. Для цього довелося викручуватись і брехати, і згадувати про це було неприємно, але це була остання брехня. Йому треба було вирватися з їхніх лап, і він вирвався. І тепер дотримається слова, яке дав Богу. Він служитиме Йому. Так, він не герой, він боїться в'язниці та побоїв, він не зміг, як Кирило, холоднокровно піти на смерть. Але він робитиме, що зможе. Він ховатиметься і діятиме з підпілля; буде дуже обережним, вигадає, як себе максимально убезпечити. Жодних безрозсудних вилазок, тільки ретельно опрацьовані дії, прораховані на кілька ходів уперед. Він добре знає методи поліції та зуміє винайти «анти-методи», навчиться передбачати її кроки, прослизати в неї між пальцями. Він навчить цьому інших, якщо зустріне і якщо вони його приймуть. Можливо... можливо, він колись навіть наважиться розповісти їм, як прийшов до Бога. Це буде боляче і важко, але ж був апостол Павло, який теж, доки не вірив, переслідував християн, а потім навернувся і став проповідувати, палко і безстрашно...

Відчинилися двері, і у вагон увійшли люди у формі. Ігор побачив їхнє відображення у шибці і з подивом відірвався від своїх роздумів — контролери? Знову? Адже вони вже перевіряли квитки...

Наступної миті у нього перехопило подих: форма була не залізничною, а поліцейською. Ігор похолов від жаху. «Господи, ні... Тільки не це...» Він одразу зрозумів, відчув, *що* буде зараз. «Ні, Господи, будь ласка, ні... Я ж повинен буду вийти тепер...»

Один із поліцейських пройшов у середину вагона і голосно промовив:

— Християни — встати і вийти у прохід!

Як завжди, все завмерло, замовкло, навіть колеса, здавалося, перестали вистукувати свій дріб. Ігор повільно встав і, супроводжуваний десятками пар зляканих очей, на здерев'янілих ногах підійшов до поліцейського. За мить холодна сталь кайданок зімкнулась на його зап'ястях.

— Гляди-но, хоч один, а таки знайшовся! — сказав один поліцейський другому, штовхаючи Ігоря до тамбуру. — Голова таки цей Січко!

— Що за Січко?

— Той мужик, що вигадав цей метод. Щоб, отже, ось так наказати, і вони самі виходять. Голова! Хотів би я на нього подивитись. Мабуть, гроші лопатою гребе.

— Та-а... Не те, що ми з тобою.

# ТА Й ПО ТОМУ

Вперше Женька побачив цю дівчину біля станції метро Театральна, на сходах біля самого виходу, де багато хто призначає один одному зустрічі. Того вечора, як і завжди, тут теж стояло кілька людей, які явно на когось чекали: вони уважно вдивлялися в перехожих і щохвилини поглядали на годинник. Красива світловолоса дівчина в елегантному діловому костюмі м'якого бежевого кольору, мабуть, теж когось чекала, але на годинник не дивилася, не нервувала і не метушилася: мабуть, вона приїхала раніше за призначений час і знала, що доведеться почекати. Дівчина стояла трохи осторонь, так, щоб не заважати вхідним у метро, і, не гаючи часу даремно, читала якийсь журнал, лише зрідка підводячи голову і обводячи поглядом площу.

Женька курив, висунувшись із вікна свого «Вольво», і милувався дівчиною. Все в ній було як слід: і обличчя, і струнка, ладна постать, і акуратна зачіска. Що це, до речі, за мода тепер у дівчат ходити розпатланими?.. Ось, наприклад, колись усі дівки косиці плели; теж, звичайно, сміх — волосся все затягнуте, і не видно його зовсім. Але й тепер не краще: відростять патли, розпустять і думають, що раз довгі, значить гарно.

Женька вважав себе знавцем і шанувальником жіночої краси, і цій незнайомій дівчині він подумки поставив найвищий бал. Користуючись тим, що вона не бачить його, він продовжував її розглядати. Витончена біла сумочка, такого ж кольору поясок та туфлі; у руках пакет, також білий. Цікаво — випадково, чи щоб не порушувати добре підібраної колірної гами?

Женька дивився спокійно, без заздрості — сам він був хлопець помітний, одягався добре і дорого, і гарних дівок у нього було достатньо. Якщо чесно, він навіть трохи від них втомився: примхливі, розпещені, постійно чекають, а то й вимагають, подарунків. Проти подарунків Женька нічого не мав, він непогано зараз розкрутився і міг собі дещо дозволити — але не так, зрештою, коли з тебе відверто тягнуть, майже навіть не приховуючи, що ти потрібний тільки за цим! Так... Що говорити, приємно, звичайно, коли поряд з тобою така дівчина, що око не відірвати, всі обертаються, друзі заздрять — але й намучився з цими красунями Женька неабияк. Досить, мабуть. На що вони йому? Жаманні, нещирі. Нерідко вульгарні, особливо колишні провінціалки, хоча щосили беруть із себе киянок. Брешуть постійно. «Хто це тебе підвозив?» — «Знайомий». — «Що за знайомий?» — «А ти що, ревнуєш?» — «Припустимо. То що за знайомий?» — «Ти що, мене допитуєш? Не віриш мені?» І так далі, і так далі... Прикинеться смертельно ображеною, розмовляти перестане. А потім з'ясовується, що з цим «знайомим» вона шиється давно і їздила тоді з ним до Туреччини, а не до подруги на дачу.

До світловолосої дівчини раптом підійшов непоказний сутулий хлопець. Женька навіть підвівся, щоб краще бачити. Це *його* вона чекала? Цього лоха у майці?! А ні, не його: «лох» щось запитав, дівчина відірвалася від журналу і подивилася так, як дивляться на незнайомих. Відповіла щось; хлопець ще щось сказав; вона заперечливо похитала головою, і він відійшов.

Женька засміявся. Познайомитись захотів! Розбігся... Теж мені, Казанова. Хоч би постригся та одягся пристойніше, перш ніж до дівчат підвалювати. Мабуть, і запитав якусь побиту дурість, на кшталт «Скільки часу?» чи, ще краще, «Дівчино, можна з вами познайомитися?» Лох! Чекай, подивиться на тебе така дівчина. Де він, до речі? Втік? Ну, звісно, не виніс ганьби. А даремно: подивився б, як зараз підкотить до неї якийсь «Мерс», і вийде звідти такий упакований дядько, що ні в казці сказати. Ось з ким такі дівчата дружать.

Але дівчина з журналом продовжувала стояти, і ні «Мерс», ні якийсь інший транспорт до неї не підкочував. Значить, чекає вона не на чоловіка, а на подружку, вирішив Женька. Не стала б вона на свого кавалера чекати більше десяти хвилин. До такої дівчини й на п'ять хвилин запізнишся — і більше не побачиш її ніколи. Плавали, знаємо...

Знічев'я Женька почав вигадувати, як би він сам підійшов до цієї дівчини познайомитися. Можна, наприклад, вдати, що обізнався. Ні, звичайно, не це безглузде «Я вас десь бачив» — одразу покажеш, що немає в тебе ні розуму, ні фантазії. Треба щось природніше. Підійти збоку і спитати так здивовано-радісно: «Люба?!» Вона обернеться, і тоді треба буде зробити розгублене обличчя, розвести руками та вибачитись. Обізналася людина, може ж таке бути? Дуже вже ви, дівчино, схожі на дружину одного львівського приятеля, от я й подумав — чого це вона тут робить?.. Ну, а там постаратися якось зав'язати розмову. Розумна дівчина, звичайно, одразу просіче, що ти до неї клеїшся; що ж, тут уже від неї залежатиме: підіграє вона тобі або пошле кудись подалі. А ще можна...

Ідея, що прийшла раптом, настільки надихнула Женьку, що він рішуче виліз з машини і попрямував до дівчини, забувши про свій намір відпочити від красунь. Він впевнено підійшов, не без самовдоволення думаючи про себе, що якби хтось спостерігав це збоку, то вже не засумнівався б, що саме *такого* хлопця могла чекати така дівчина: високого, широкоплечого, у стильному костюмі шляхетного сталевого кольору.

— Здрастуйте. Ви Людмила?

Вона підняла великі блакитні очі й мить здивовано дивилася на Женьку, але, як він і розраховував, відразу зрозуміла, що молодий чоловік, мабуть, зустрічається тут з дамою, якої не знає в обличчя. Дівчина привітно посміхнулася і похитала головою:

— Ні...

Женька зобразив розгубленість.

— Ні?.. Вибачте... Треба ж, як буває... Я чекаю на одну дівчину, вона сказала, що буде у світлому костюмі і триматиме в руках журнал... Я думав, це ви. Вибачте.

Дівчина знову посміхнулася — просто, без жодного кокетства:

— Нічого страшного.

І знову нахилилася над журналом. Женька був дещо збентежений. Як? Зовсім ніякого інтересу? Ні навіть натяку на запрошення продовжити розмову?

Женька встав неподалік, нібито чекаючи на уявну Людмилу. Час від часу він поглядав на дівчину, будучи впевнений, що вона зараз скине на нього очі або хоч покоситься крадькома. Але нічого такого не сталося; дівчина продовжувала спокійно читати. Женька глянув на журнал та побачив іноземні літери. Зрадівши цьому новому приводу для розмови, він знову зробив крок до дівчини.

— Вибачте, ви читаєте англійською?

Вона знову підвела очі і посміхнулася трохи зніяковіло, наче побачили щось, чого вона не хотіла виставляти напоказ.

— Так...

Женька намагався поводитися якомога природніше; інтуїція підказувала йому, що знайомство має вийти ніби ненароком, інакше нічого не вийде.

— А де, якщо не секрет, ви вивчали мову?

Дівчина подивилася йому в очі, і Женька зрозумів, що вона чудово бачить його бажання познайомитися — і з якихось причин це зовсім не захоплює її.

— Я займалася з добрим репетитором, — стримано сказала вона, явно відповідаючи тільки з ввічливості.

Женька розуміючи кивнув і продовжував, ніби не помічаючи її байдужості, яка насправді зачіпала його все сильніше:

— Я так і подумав. Скажіть, а чи не могли б ви дати мені його координати? Справа в тому, що я сам кілька разів намагався зайнятися англійською, але все безуспішно — тільки гроші витратив. Ніяк не можу знайти хороші курси чи нормального репетитора...

Все це було схоже на правду; Женька неодноразово чув від друзів-приятелів, які намагалися опанувати іноземну мову, що хорошого репетитора зараз не знайдеш, а на курсах тільки б'ють гроші. Дівчина, мабуть, також добре це знала. Погляд її одразу пом'якшав.

— Боюся, що це буде непросто, якщо взагалі можливо, — співчутливо сказала вона. — Я займалася давно, і моїм репетитором була досить літня дама. Навіть не знаю, чи зберігся у мене її телефон, і чи продовжує вона ще працювати.

— Я вас дуже прошу, дізнайтесь, га? — благав Женька, який ненавидів англійську зі школи і нізащо не став би нею займатися, навіть якби хтось погодився йому за це приплачувати. — Ну, правда. Я вже не знаю, що робити. Мені мова по роботі потрібна, а вивчити ніяк не можу!

Женька сподівався, що дівчина спитає, де він працює, але вона не спитала.

— Гаразд, я спробую... — невпевнено сказала вона. — Але ж нічого не можу обіцяти.

— Все одно дякую вам!

Женька витяг з внутрішньої кишені ручку і записну книжку, подумки посміхаючись: тепер їй ніяк не відвернутися, доведеться сказати йому свій телефон!

— Коли мені можна буде вам зателефонувати?

Проте давати телефон дівчина не збиралася.

— Я краще сама вам подзвоню, коли щось дізнаюся. — Вона теж вийняла з сумочки записник. — Скажіть мені свій номер.

Женька легко погодився — телефон у нього був з автоматичним визначником номера, тож якщо вона зателефонує, номер її одразу запишеться у пам'ять. Тільки ось чи зателефонує?.. Краще підстрахуватися.

Він продиктував телефон.

— Звати мене Євгеном, можна просто Женя. А як вас?

— Наташа.

— Дуже приємно. Послухайте, Наталко... може, ви теж дасте мені свій телефон? Так, про всяк випадок...

Але вона посміхнулася трохи перепрошуючою усмішкою і просто сказала:

— Ні, на жаль, не можу. Вибачте.

Женька з робленою байдужістю знизав плечима.

— Ну, гаразд, як хочете... Тільки ви не забудете подзвонити?

Наталка подивилася на нього з подивом:

— Ні, звичайно, я ж обіцяла.

«Ха!» — подумки вигукнув Женька; ціну обіцянкам сучасних дівчат він знав надто добре... Але вголос він сказав інше:

— А раптом мене вдома не буде, чи не додзвонитеся?

— Тоді передзвоню пізніше.

Женька хотів ще раз подякувати, але тут до Наталі підскочило захекане дівчисько в джинсах, що вискочило з метро.

— Привіт, Натуль!.. Здрастуйте, — шанобливо кивнула вона Женьці і знову звернулася до подруги: — Вибач, я запізнилася...

— Нічого страшного, — привітно озвалася Наташа. — Познайомтеся: це Іра, а це Євген.

— Дуже приємно, — сказали вони в один голос, і обидва цьому розсміялися.

— Ось, тримай. — Наталка простягла подрузі пакет, через який, мабуть, і було призначено цю зустріч.

Симпатична худенька Іра здавалася простішою від Наталки — можливо, тому, що була простіше одягнена. Вона поглядала на Женьку з цікавістю; він зрозумів, що Наталці не уникнути тепер розпитувань, і внутрішньо цьому посміхнувся.

Іра зазирнула в пакет і чомусь дуже зраділа:

— Ой, дякую тобі величезне! — Вона цмокнула подругу в щоку. — Я тобі подзвоню завтра, гаразд? Ну я побігла! До скорого!

І вона зникла так само швидко, як з'явилася.

Женька зрозумів раптом, що став жертвою власної брехні: Наташа тепер вільна і зараз піде, а він навіть не може її нікуди запросити — він повинен чекати на вигадану Людмилу... Сказати, що він чекає на неї вже більше години, і вона, мабуть, уже не прийде ? Ні, шито білими нитками. Не повірить Наталя, все зрозуміє, і тоді вже точно не подзвонить — навіщо? У знайомстві вона не зацікавлена, вона це ясно дала зрозуміти. Та й не погодиться вона, скоріше усього, нікуди зараз із ним іти. Що ж, доведеться її відпустити, повірити, що вона дотримається слова...

— Що ж, до побачення, Наталко,— першим попрощався Женька, щоб показати, що він і не думає до неї клеїтися і справді цікавиться лише репетитором.— Якщо, звичайно, ви нікого більше не чекаєте.

— Ні, нікого, — усміхнулася дівчина. — До побачення. Я спробую все дізнатися і зателефонувати вам цього тижня.

— Дуже вам вдячний.

Женька провів її поглядом до метро. Майнула шалена думка піти за нею, простежити до самого дому... «Та що це я, справді? — невдоволено подумав Женька. — Ще не вистачало мені за дівками бігати! Якщо подзвонить — добре, а ні — і не треба. Що в ній такого особливого? Красива, так. Ну і що з того?..»

І Женька попрямував до машини.

Але виявилося, що він помилився: щось особливе таки було в цій випадково зустрінутій дівчині, про яку він не переставав тепер думати. Чому вона на нього не клюнула? Може, вона заміжня? Ну і що, хто зараз звертає на це увагу? Багато хто не проти розважитися на стороні. Скільки разів із ним бралися загравати заміжні дівки, навіть дружини приятелів!.. Чи він їй просто не сподобався? Та ну, чому це він може раптом так відразу не сподобатися! Нічого в ньому неприємного, навіть навпаки. Красивий спортивний хлопець, одягнений добре, поводився ввічливо, не нахабно і не нав'язливо.

Женька знову і знову прокручував у пам'яті всю розмову. Ні, він не сказав нічого зайвого, грубого або надто відвертого. Все було розіграно як за нотами — випадкова зустріч, ніяких там натяків і чіплянь. Чим він міг її відштовхнути? Адже вона з самого початку не хотіла знайомства. Чому?

Відповідь напрошувалась одна: у неї хтось є, і цей «хтось» її повністю влаштовує — настільки, що жодні інші хлопці їй просто не потрібні, хоч як це й неймовірно. Женька не вірив, що таке буває. У кіно, у книжках — так; але ж насправді жодне дівчисько, маючи навіть класного кавалера, не відмовиться пофліртувати з кимось іншим! Сашко он навіть розлучився через це зі своєю Лілею. «Знаю, — розповідав, — що, крім мене, у неї немає нікого; але тільки зайде хтось із хлопців, або в компанію потрапимо — починається: очима блищить, посмішки розточує... Це при мені! А якщо без мене, можеш собі уявити...»

Женька заздрив Наталчиному хлопцю. Та якщо знайти таку дівчину, якщо знати, що вона тобі *така* вірна — адже її й справді на рукахноситимеш, як не сміявся він завжди над цим безглуздим виразом. І цей хлопець її, напевно, і носить, та ще й як, раз вона на інших навіть і дивитися не хоче...

Наташа зателефонувала через день — не тому, що їй нетерпілося, а щоб якнайшвидше виконати обіцянку, як правильно вгадав Женька.

— Доброго вечора, можна Євгена?

Женька відразу впізнав її голос, але виду не подав.

— Так, я слухаю.

— Здрастуйте, це Наташа. Я обіцяла зателефонувати щодо репетитора, пам'ятаєте?

— Наташа! Пам'ятаю, звісно! Дякую, що подзвонили. Ну як, вдалося щось дізнатися?

— Так, я знайшла телефон цієї викладачки. Як я й казала, вона перестала проводити заняття... Але сказала, що одну людину, можливо, й візьме, якщо має хороший базовий рівень. Тож спробуйте зателефонувати. Ось її номер...

Женька про всяк випадок записав телефон — хто його знає, може, доведеться зателефонувати цій бабці, для правдоподібності.

— Наталко, дякую вам велике. Ви мені дуже допомогли.

— Ну, що ви, яка це допомога. Адже ще невідомо, чи вийде з цього щось.

— Ні-ні, все одно дякую. Хоча б за те, що згаяли час і все для мене дізналися. — Женьку нудило від власної ввічливості. Він почекав одну мить і ляпнув, наважившись: — Наталко... ви дозволите мені в знак подяки запросити вас кудись? Наприклад, у театр?

Дівчина трохи затрималася з відповіддю, і Женька вирішив було, що рибка в сітці, треба тільки обережно допомогти їй погодитись... Але вона, мабуть, зовсім не вагалася, а просто підшукувала слова, щоб відмовитися якнайввічливіше.

— Дякую, але це зайве.

— ...Чому? — Женька постарався надати своєму голосу більше печалі. — Ви не любите театр?

— Ні, річ не в цьому. Просто я не можу прийняти ваше запрошення. Вибачте.

— Дуже шкода...

— До побачення, Євгене.

— До побачення. Ще раз дякую.

Женька в серцях кинув слухавку. Поквапився, дурень! Не втерпів! «У театр!» Розкрив свої карти, показав, що репетиторство — лише привід! Ну, і що тепер?..

Він натиснув кнопку визначника, і на екранчику висвітлився Наташин номер. Женька переписав його до записника. Тільки навіщо? Як він їй зателефонує, що скаже? Як виправдає цей свій обман із визначником?

Женька не впізнавав себе. Він, Женька Коршунов, не наважується зателефонувати дівчині, мучиться через якісь дрібниці! «Обман»... Який тут обман? Так, у нього визначник. Так, він їй цього не сказав. Тому що дуже хотів знати її телефон і дуже хоче з нею зустрітися. Що ж тут такого? Їй, навпаки, це має бути приємно!

Але як він себе не вмовляв, він все-таки відчував, що ця дівчина не така, як усі, і звичні мірки до неї не підходять. Так, інша була б рада, що хлопець схитрував, щоб отримати її телефон — а Наталя може образитися.

Раптом Женьку осяяло: треба зателефонувати цій учительці — як її там, Єлизавета Вітольдівна? І не виговориш ... Ну, так ось: треба їй зателефонувати, почати займатися з нею цією безглуздою англійською, і тоді можна буде попросити Наталку допомогти! Перевірити там щось, чи пояснити. Вона, здається, дівчина чуйна; може, й погодиться. І тоді можна буде сказати, що телефон її він узяв у цієї Вітольдівни!

Женька одразу повеселішав. Кмітливий він хлопець! Нічого, дівчино-красунє Наталка, ми ще підберемо до тебе ключик... Мало, в кого ти там закохана, це нас не стосується!

Женька швидко набрав номер викладачки. До телефону довго не підходили, потім відповів тихий, ввічливий голос, що належав, мабуть, одній з останніх представниць старої інтелігенції — справжньої, з шляхенним корінням, і, на жаль, вимираючої. Женька назвав себе і сказав, що дзвонить за рекомендацією Наталки. Вітольдівна зраділа: так, Наташенька з нею говорила, просила позайматися з якимсь молодим чоловіком, який виявив похвальне бажання на гідному рівні вивчити іноземну мову... Тільки от яку мову, будьте ласкаві нагадати — англійську, французьку чи німецьку?..

Женька мимоволі перейнявся повагою. Такої вишуканої мови йому ніколи ще не доводилося чути — а коли з'ясувалося, що бабця, виявляється, запросто може викладати будь-яку з трьох мов... Женьці навіть стало трохи соромно, що він турбує таку особу, насправді зовсім не збираючись серйозно займатися.

Так само ввічливо Вітольдівна поцікавилася, скільки йому років, чи давно він займався мовою, чи займався з приватними викладачами і чи вивчав мову в інституті. Женька не вважав за потрібне повідомляти, що інститут він закинув після першого курсу, і відповів ухильно, що після школи зробив кілька невдалих і коротких спроб вивчати англійську «на різних там курсах». Вітольдівна зробила ще декілька запитань, а потім попросила Женьку постаратися сказати англійською: «На столі лежить книга». Женька розгублено забурмотів, що він так одразу не може, що минуло стільки часу... Але вчителька продовжувала м'яко наполягати, запевняючи, що все це вона добре розуміє, але перш ніж вирішити, чи може вона запропонувати йому свої послуги, їй необхідно переглянути рівень його знань.

«Що ж, пустився в бійку — чуба не жалій», — сказав собі Женька і почав виколупувати з пам'яті давно забуті, мізерні шкільні знання. Вітольдівна терпляче чекала, а він, хоч і згадав уже, що книга — «бук», а стіл — «тейбл», ніяк не міг поєднати це в цілу фразу.

— Зисіс... бук... он тейбл, — промовив нарешті Женька і затамував подих, побоюючись почути на тому кінці дроту звук падаючого тіла: стародавня бабуся могла й не винести такого перла...

У слухавці повисла мовчанка, потім пролунав тихий голос Єлизавети Вітольдівни:

— На превеликий мій жаль, Євгене, я змушена вас засмутити. Тільки, будь ласка, не подумайте, що ви безнадійні: я могла б вивчити вас, але на це знадобилося б близько трьох років. А оскільки мені вже вісімдесят сім... Розумієте? Я не можу гарантувати, що проживу досить довго, аби закінчити навчання.

Женька зітхнув, подякував, попрощався і повісив слухавку. Зірвалося. Ну, що за невезуха така?! Вислизає від нього Наталка, наче зачарована казкова принцеса... Хоча... чому ж?!

Женьці прийшла нова ідея, не менш блискуча: можна поскаржитися Наталці, що Вітольдівна його не взяла, що її не влаштовують його знання і попросити позайматися! Женька схопився було за телефон, але згадав про свій фокус із визначником і поклав слухавку. Не стане вона з ним розмовляти... Чи ризикнути? Женька спробував уявити себе на її місці. Важко, звичайно, але все-таки: от якби він так само не хотів комусь давати свого телефону, скажімо, дівчині який-небудь, а та все ж таки визнала і почала б телефонувати? Женька зітхнув: що й казати, шанси такої дівчини одразу стали б рівні нулю... Ні, не можна дзвонити.

Промаявшись пару днів, Женька вирішив поїхати на Театральну. Розрахунок його був дуже простий: коли потрібно комусь щось передати, люди зазвичай призначають зустрічі біля найближчого метро — отже, є ймовірність, що Наталка працює десь поряд із Театральною і буває там щодня. Звичайно, може бути й так, що працює там не вона, а Іра, або вони вибрали станцію, однаково зручну для обох. Але все ж таки можна спробувати.

Згадавши, що минулого разу він побачив Наташу на Театральній десь о сьомій годині, Женька під'їхав туди до шостої і зайняв спостережну посаду біля входу до метро. Як завжди, навколо снували люди, і, як завжди, кілька людей стояли на сходах, когось чекаючи. Дівчата кокетливо поглядали на Женьку, одна навіть ненароком зупинилася неподалік і почала щось шукати в сумочці, а потім, бачачи, що він не виявляє інтересу, підійшла сама і запитала час. Женька неохоче глянув на годинник, відповів і зневажливо відвернувся. І не подумає він із нею розмовляти, вельми треба...

Женька простояв до пів на сьому і почав уже роздумувати, чи чекати йому до семи, як раптом побачив Наташу. Дівчина була одягнена сьогодні у ніжно-бузковий брючний костюм, що разом з її світлим волоссям та блакитними очима створювало якесь весняне, підняте враження. Здивувавшись своїй радості, Женька поспішив їй назустріч.

— Наталко, привіт!

Дівчина зупинилася, і в її очах відбилася втома. Наполегливі кавалери у її житті, мабуть, не були рідкістю.

— Як добре, що я зустрів вас! — швидко говорив Женька, не даючи їй розсердитися. — Ви вибачте за таку нав'язливість, але в мене справді біда! Не знаю що робити.

«А яке мені діло до ваших бід?» — мала б повне право спитати Наталя. Але не спитала. Натомість вона терпляче поцікавилася:

— Що трапилося?

— Я дзвонив до Єлизавети Вітольдівни, і вона мене не бере. Не дотягую до необхідного рівня... А мені дуже хотілося б з нею займатися — я ж бачу, це рідкісний викладач, зі старої інтелігенції, яких зараз уже справді не знайдеш. Наталю... я розумію, що я поводжуся як нахаба, але ви не могли б мене піднатягнути?.. Мені більше нема до кого звернутися, а ви, до того ж, знаєте її вимоги. І я, зрозуміло, став би платити, скільки годиться.

Наталка уважно вислухала, але похитала головою.

— Я, на жаль, не вмію викладати. Англійську я знаю, а ось навчити когось не зможу.

— Та хоч як можете! — нетерпляче перебив Женька.

— Ну, що ви, що означає «як можете»? — Заперечила Наталка. — Кожен має займатися своєю справою. Адже це не так просто, потрібна методика, досвід — і викладацькі здібності. В мене цього немає.

— На мою думку, ви надто самокритичні...

— Ні, я говорю правду. — Наталка проникливо подивилась на Женьку. — Я могла б пошукати вам вчителя серед знайомих, які пов'язані з викладанням... тільки спочатку, Євгене, скажіть мені чесно: вам справді потрібна англійська, чи ви просто хочете, як то кажуть, позалицятися?

Женька ніяк не чекав такого прямого питання і не зумів нічого вигадати.

— Не буду лукавити, Наталко... — пробурмотів він. — Ви мені дуже сподобалися, і я дуже хотів би з вами зустрічатися.

Дівчина посміхнулася.

— Дякую за відвертість. І будь ласка, не ображайтеся на мою відвертість, яку я скажу вам у відповідь: зустрічатися нам нема чого.

— Чому? Ви заміжня? У вас є хтось?

— Ні, але це зараз не має значення.

Ні?! Женька був вражений цим відкриттям, і тепер не мав наміру відпускати дівчину, поки вона усе йому не пояснить.

— Як це не має значення? — вигукнув він. — Чи в мене немає шансів? Я вам чимось неприємний?

— Ні, нічого неприємного я в вас не бачу, — спокійно відповіла Наталка. — Але шансів у вас справді немає, і якщо ви так наполягаєте, я назву причину: річ у тому, що я християнка.

Женька готовий був почути все, що завгодно, окрім цієї дивної, зовсім нічого для нього не значущої фрази.

— ...І що? — розгублено спитав він. — А я що, мусульманин, чи буддист? Я теж українесь, православний! Хрещений.

Наталя співчутливо посміхнулася.

— Ось-ось. Ось ви мені все про себе й сказали.

— Що я сказав?

— Що про віру ви, даруйте, нічого не знаєте. До чого тут ваша національність? Те, що ви українець, і що батьки вас охрестили, зовсім не робить вас християнином.

— А що тоді робить?

— Віра — справжня. Серйозне вивчення Біблії. Належність до церкви.

— А чого це ви вирішили, що в мене несправжня віра? — Женька починав дратуватись. — Як ви зуміли з першого погляду визначити?

— Добре, скажімо, що я помилилася, — охоче погодилася Наталка. — Це легко перевірити. Скажіть, до якої церкви ви ходите?

— Що означає до якої? До православної!

— Їх у Києві багато. Справжні віруючі зазвичай обирають одну, яку вважають своєю. Тож у яку ж ходите ви?

— У ту, що біля дому, — збрехав Женька; його чомусь зачепило, що Наталя так відразу віднесла його до невіруючих, і, хоча це так і було насправді, він вирішив засоромити її, довівши протилежне.

— Як часто? — Запитала Наталка.

— Як годиться!

— Тобто щонеділі?

Думка про те, щоб тягатися до церкви щонеділі, здалася Женьці настільки безглуздою, що він засумнівався в реальності того, що відбувається.

— Слухайте, Наталко — ви що, з мене глузуєте? Ви хочете сказати, що *ви* ходите щонеділі до церкви?!

— Так, як і будь-який справжній християнин. Ваш же подив із цього приводу доводить, що я таки права.

Женька дратувався щобільше.

— Гаразд, нехай. І що ж — отже, тих, хто, на вашу думку, «несправжні», ви і за людей не вважаєте?

— Нічого подібного. Серед моїх знайомих багато невіруючих, яких я люблю та поважаю. А ось *зустрічатися* з невіруючими чоловіками — не зустрічаюся, бо в цьому немає сенсу.

— Ось як! — пирхнув Женька. — Чим же це ми для вас такі погані?

Дівчина подивилася йому в очі з певною суворістю.

— Не гнівайтесь, Євгене, і постарайтеся, будь ласка, мені не грубити. Я не зробила вам нічого поганого, і поводжуся з вами чесно. Хіба ж ні?

Женька змушений був це визнати.

— Ну... так. Вибачте.

— Я не сказала, що невіруючі чоловіки погані, — продовжувала Наталка. — Просто в мене ніколи з ними нічого не може бути. Ну, поміркуйте самі: що ви збираєтеся мені запропонувати? Сходити до театру, ресторану? Допустимо, я погодилася, раз, інший. Незабаром ви намагатиметеся перейти на «ліжковий режим», вибачте за вираз. Я, звісно, відмовлюся — Біблія не допускає позашлюбних статевих зв'язків. Що ж тоді? Ви образитеся і звинуватите мене в тому, що я вас використала.

Саме так Женька б і вчинив, але зараз він би нізащо в цьому не зізнався; у ньому заграли впертість і гонор, і йому хотілося будь-що-будь довести цій дівчині, що вона в ньому жорстоко помилилася.

— Отже, ви про мене такої думки? — спитав він тоном ображеної гідності. — А на якій підставі, дозвольте запитати вас? Ви ж мене зовсім не знаєте. А може, я не з тих, хто після першого побачення тягне дівчину в ліжко! Може, я збирався півроку коло вас платонічно упадати, а потім запропонувати руку і серце?

Наталя посміхнулася.

— Що ж, якщо ви не тільки зараз це вигадали, якщо ви справді людина такої виняткової порядності — це робить вам честь, і я готова вибачитися. Але справи це не змінює: Біблія забороняє шлюби з невіруючими, тож я все одно не вийшла б за вас заміж. Так що вважайте, що я зберегла вам ці півроку, які ви витратили б даремно.

Женька був зовсім збентежений і навіть не знав, що сказати. Невже вона це серйозно?

Дівчина скористалася його збентеженням.

— До побачення, Євгене, — м'яко попрощалася вона і зникла в метро.

Женька їхав додому, марно намагаючись зібратися з думками. Що це ще за нісенітниця?! Новий, невивчений спосіб кокетства? Йому зустрічалися мадами, які спочатку посилено розігрували байдужість і всіляко підкреслювали, що зовсім не потребують знайомства — але у всіх випадках Женька визначав одразу й безпомилково, що це лише порожнє ламання, і треба лише виявити наполегливість. Зустрічалися йому й такі, які, щоб викликати інтерес до себе, брехали про себе найнеймовірніші речі. Одна, пам'ятається, навіть починала час від часу накульгувати, стверджуючи, що працювала раніше цирковою гімнасткою, але змушена була розлучитися з ареною, бо пошкодила ногу, яка й тепер ще болить за поганої погоди. Женька не полінувався і з'ясував минуле циркачки. Виявилося, що ставлення її до гімнастики було більш ніж віддаленим і полягало лише в тому, що з гріхом навпіл закінчивши школу, ця «артистка» з гімнастичною спритністю перелітала від одного багатого папіка до іншого. Женька бавився потім, наполегливо пропонуючи познайомити її зі своїм другом-акробатом, з яким вони, безперечно, одразу знайшли б спільну мову і із задоволенням поговорили б на циркові теми. Чи варто говорити, що «гімнастка» наполегливо відмовлялася, плела про глибоку душевну рану тощо.

Але Наталя не схожа ні на перший, ні на другий тип. Вона не прикидується, вона справді не хоче Женьчиних залицянь — це було ясно з самого початку. І вже якби їй потрібно було щось про себе вигадати, вона вибрала б щось цікавіше цих дивних ідей про «справжню віру»...

Справжня віра! Як це вам подобається? Почути таке від красивої, сучасної, на вигляд абсолютно нормальної дівчини!.. Дурниця. Фанатичка. Начиталася якихось релігійних книжок, надумала собі, сама не знає чого. «Біблія не допускає позашлюбних статевих зв'язків». Що вона хоче сказати, що в неї мужиків немає? Це з такою зовнішністю?

Хай не бреше!.. Хоча, як знати: якщо вона всіх так відшиває, шукає собі такого ж релігійно повернутого принца... От і нехай шукає. Ну її. А йому, Женьці, тільки релігії не вистачало!

Однак, позбутися думок про Наталю ніяк не виходило. Не допомагали ні гулянки в ресторанах, ні танці в нічних клубах, ні старі й нові подружки, які кожним своїм словом, кожним жестом лише підкреслювали незмірну різницю між собою і цією незвичайною дівчиною, яка випадково зустрілась йому біля метро.

Женька протримався тиждень, після чого змушений був визнати, що його не цікавить ніхто й ніщо, крім Наталі. З цього моменту він розгорнув на неї наступ по всіх фронтах: відкинувши будь-яку педантичність, безперестанку дзвонив по телефону і запрошував у найкращі місця, запевняючи, що робить це абсолютно безкорисливо і ніколи не вимагатиме ніякої «розплати». Вбираючись у сліпучі закордонні костюми, він щодня чекав на дівчину в Театральній — то з оберемком квітів, то з дорогими квитками в театр, сподіваючись, що совість не дозволить їй відмовитися і допустити пропажу квитків. На все це Наташа відповідала спочатку спокійно, потім трохи стомлено та докірливо:

— Євгене, я ж вам все пояснила... Ви даремно гаєте час.

Женька не хотів цьому вірити і не думав здаватись. Він демонстративно рвав квитки, комкав і запихав у вуличний смітник квіти, щоб назавтра прийти з іншими і знову, як ні в чому не бувало, галантно пропонувати їх упертій дівчині. Йому здавалося, що легкість, з якою він тринькає заради неї грошима, повинна нарешті справити враження і зрушити справу з мертвої точки — але цього не відбувалося. «Нехай! — з якоюсь азартною запеклістю думав Женька.

— А я так і буду, щодня, хоч місяць, хоч два, хоч п'ять — доки не доб'юся свого!»

Але одного разу він не дочекався Наталки біля Театральної. Він простояв до восьмої години, змусивши із заздрістю обернутися не один десяток жінок, а Наталка так і не з'явилася. Не прийшла вона і другого дня, і третього. Телефон її не відповідав — мабуть, вона його відключила, остаточно втомившись від Женьчиних домагань. Женька вирішив, що й додому вона тепер їздить через якусь іншу станцію, і просто не знав, куди подітися від розпачу.

Через тиждень він зважився на крайню міру. За допомогою одного приятеля, який мав знайомих в паспортному столі, він роздобув Наталчину адресу. За пошуки адреси без прізвища та без по-батькові, по одному лише номеру телефону довелося, звичайно, добре віддячити, але за цим справа не стала — Женька зовсім втратив голову і не дивився на витрати. Отримавши заповітну адресу, він заїхав до перукарні, а потім до музиканта Михайла, якому заявив з порога, що хоче негайно купити його білий концертний костюм. Михайло витріщив очі, забурмотів, що костюм йому буде потрібен того тижня, і взагалі їх зараз можна купити в кількох місцях, зовсім нові.

Женька виклав на стіл пачку доларів.

— От і купиш собі, хоч аж два. А мені потрібно зараз, ніколи шукати-вибирати-приміряти! Друг ти мені, чи як?

Женькина поява у Наталкиного будинку справила справжню сенсацію. Всі очі були спрямовані на нього, коли він виліз зі свого «Вольво» і недбало дістав із заднього сидіння величезний кошик білих троянд, витончено перев'язаний блідо-рожевими стрічками. Навколопід'їзні старенькі бабці роззявили роти, молоді матусі забули про своїх дітей, перехожі зупинялися і відверто витріщалися на небачене явище. Ні на кого не дивлячись, Женька пройшов у під'їзд. Смішне, юнацьке хвилювання, якого він не відчував уже давно, заважало йому насолодитися зробленим ефектом.

Не знаючи, на якому поверсі знаходиться шістдесят четверта квартира, Женька проїхав навмання до шостого, потім, побачивши, що помилився, піднявся пішки на восьмий. Кілька хвилин стояв перед дверима, не наважуючись задзвонити у двері. Що вона скаже?.. Чи вдома?.. І з ким?.. До телефону Наталя завжди підходила сама, і Женька так і не зумів дізнатися, чи вона живе одна, чи з батьками, чи з кимось ще...

Зрештою, він задзвонив. Двері відчинила висока дівчина, на диво схожа на Наталку — те ж саме світле волосся, ті ж величезні блакитні очі — але все-таки зовсім інші. Волосся її було затягнуте в хвіст, чубок неприродно збитий і схоплений лаком; косметики, мабуть, більше, ніж потрібно, а парфуми, які відразу вдарили в ніс, були надто різкими. Дівчина окинула Женьку здивованим поглядом і грубувато промовила:

— Ого! Нічого собі.

Голос у неї теж був різкий, прокурений.

Женька розгублено дивився на неї. Це ще що за пародія?

— Здрастуйте... — промовив він нарешті. — А Наталя вдома?

Дівчина зобразила гірке розчарування:

— То ви не до мене? Який жаль... Що ж, заходьте. Нема Наталі, але скоро має з'явитися.

Женька переступив поріг і поставив кошик із квітами. Пародія на Наталку не спускала з нього глузливих очей.

— Що ж, давайте знайомитись. Мене звуть Алла. А ви, мабуть, той самий Євген?

Женьці стало неприємно, що цій дівчині про нього відомо. Невже Наталя їй все розповідала, чи обговорювала його? Не може бути, вона не така...

— Так, — стримано сказав він. — Я Євген. Наталка вам про мене казала?

— Як же, скаже вона! — пирхнула Алла. — Чекай!.. Тільки ж ми чуємо, як вона все по телефону від якогось Євгена відмовляється. Та ви проходьте в кімнату, сідайте!

Женька пройшов та сів у запропоноване йому крісло.

— Ви Наталчина сестра? — спитав він.

Дівчина посміхнулася.

— Одразу видно, так? Кажуть, вона на мене дуже схожа.

«Вона на тебе?!» — подумки обурився Женька.

— Але це тільки зовні, — продовжувала Алла, недбало завалившись на диван і витягаючи цигарку. — У житті ми зовсім різні.

«Помітно», — знову прокоментував сам собы Женька.

Алла затягнулася і повільно, явно милуючись собою, випустила дим. Вона, мабуть, вважала, що ця різниця безсумнівно на її користь.

— Отже, ви намагаєтеся здобути в Наталки прихильність? Мені вас шкода.

Женька вирішив не ускладнювати поки що відносин і, наскільки можливо, терпіти цю безцеремонність.

— Чому? — спокійно поцікавився він.

Алла глузливо примружилася.

— Хіба ви ще не переконалися, що це марно?

— А це справді марно? — відповів Женька на запитання.

— Абсолютно. Якщо ви не погодитеся повністю перевернути своє життя і від усього відмовитися.

— Тобто?

— Вам доведеться добре вивчити Біблію та вивіряти по ній буквально кожен свій крок, кожен вчинок, кожне слово. Як вам така перспектива?

— Зізнаюся, не дуже...

— Тоді забудьте про Наталю. Вам нічого не світить, повірте мені.

— Для неї так багато означає віра?

— Так, — кивнула Алла. — Якщо ви не справжній християнин, ви її нічим не візьмете: ні грошима, ні красивими жестами. Знаєте, скільки народу намагалося?

— І... що ж? — обережно поцікавився Женька. — Їй ніколи ніхто не подобався?

— Подобалися, чому ж. Тільки з таких самих, як вона сама. У неї навіть хлопець там був у церкві. Я його бачила кілька разів — нічого так, симпатичний. Тільки вона з ним потім розлучилася.

Женька відчував, що недобре обговорювати ось так особисті справи Наталки, але спокуса більше дізнатися про неї була занадто велика.

— Чому? — спитав він.

Алла посміхнулася.

— Ні за що не вгадаєте. Тому що хлопець «від Бога відійшов» — ось вам дослівний Наталчин вираз. У перекладі на просту мову — зайнявся бізнесом і перестав ходити до церкви.

— А хіба не можна поєднувати і те, й інше?

— От і Наталя вважала, що можна й треба. А хлопець той, мабуть, до релігії охолов. Ну і втратив Наталку в один момент, хоч і подобався їй, на мою думку, досить сильно. Теж дзвонив потім, заміж кликав, обіцяв, що знову до церкви почне ходити...

— А вона?

— А вона — ні. До церкви, каже, треба ходити не через дівчину, а через Бога. — Алла загасила цигарку і підсумувала: — Ось така в нас Наталя. Не дивіться, що на вигляд м'яка — характер у неї сильніший, ніж у багатьох нинішніх мужиків. Якщо щось вбила в голову — пиши пропало.

— Ви її засуджуєте?

Алла знизала плечима.

— Не те щоб засуджую, хоч, на мою думку, все це трохи занадто. Але не можу заперечувати, що Наталчині погляди анітрохи не заважають, а може, навіть і допомагають їй всього добиватися. Скільки разів я помічала: відмовиться вона через ці свої принципи від чогось доброго — дивишся, і незабаром ніби само підвертається щось краще. Взяти хоча б роботу. Закінчила вона інститут і запропонували їй, пам'ятається, чудове місце: і зарплата, і перспективи такі, що будь-яка нормальна людина погодилася б, не розмірковуючи. Але треба там було дещо... підтасовувати. Так, дурниці — нічого страшного, тим більше, що керівництво про це знало, і взагалі так там було заведено. Що ви думаєте? Наталя відразу відмовляється. Я, каже, працюю лише чесно. Що тут у нас було!.. Мати на неї тиждень кричала, та й я, зізнаюся, хоч і захищала її з принципу (нема чого предкам у наші справи потикатися), теж сказала їй між нами, що вона таки дурепа. А за тиждень дзвонять їй із якоїсь інофірми і чемно так запрошують на роботу. Зарплата ще більша, плюс премії та всякі там страховки та пільги. Я просто очманіла і, чесно скажу, обзаздрилася: у мене тоді вже й досвід був, і зв'язки — а в інофірму ніяк не могла потрапити. А Наталя — раз, і будь ласка.

— Треба ж... — озвався Женька. — Вона й зараз там працює?

— Звільнилася днями. Теж, до речі, історія. Пропрацювала кілька років, стала цінним співробітником — а пішла в мить, і знаєте через що? Начальник її, англієць, поїхав додому, а замість нього поставили нашого, українця. Ну, і оцей дядько на Наталю око поклав. Натяки там різні пішли... Наталя, зрозуміло, відразу йому все висловила і заявила, що якщо це не припиниться, вона піде. Той, звичайно, не повірив: з такої роботи в наш час піти — треба мізків не мати. Не відстав; навпаки, вибрав момент і обійняв там її трохи, чо що. А Наталя, не довго думаючи, прямо у відділ кадрів, і написала заяву. Тепер роботу шукає.

Женьку захлеснуло раптом обурення. Розібратися б із цим мужиком!

Алла картинно змінила позу.

— Ви, певна річ, нічого цього не знали?

Женька похитав головою.

— Ні, Наталка нічого мені не говорила.

— Не дивно. — Алла подивилася на годинник. — Чи можна дати вам пораду? За кілька годин батьки повинні повернутися з дачі... Вам краще до цього часу піти, якщо не хочете завдати Наталі неприємностей. Мати її по-страшному пиляє за кожного знехтуваного кавалера, про якого дізнається. І вже якщо побачить вас, у цьому вашому дивовижному костюмі, то зживе її зі світу, можете не сумніватися.

Женька зрозумів раптом, як нелегко доводиться цій дівчині, яка наважилася мати погляди та принципи, такі відмінні від прийнятих навколо. Їй доводиться постійно боротися і захищатися — на роботі, вдома, на вулиці, коли до неї лізуть усілякі ідіоти на кшталт нього. Кожне її рішення, кожен вчинок — шляхетний і чесний — заперечується, засуджується чи піднімається на сміх... Так, вона має повне право шукати людину, яка її повністю зрозуміє, яка не просто поблажливо терпітиме її переконання і «дозволятиме» їй ходити до церкви, як збирався зробити він, Женька, а розділятиме її принципи, пишатиметься нею, стане їй надійним тилом.

Женька підвівся.

— Ви знаєте... я, мабуть, піду.

Алла підняла брови.

— Ви що, образилися?

— Зовсім ні, що за дурниці. Просто я подумав, що й так уже завдав Наталці достатньо неприємностей — своїми дзвінками та взагалі. У неї, виявляється, на роботі були проблеми, а я не знав, поводився, як дурень... Піду я. Нема чого зайвий раз мозолити їй очі.

Алла знизала плечима і теж підвелася.

— Що ж, як бажаєте. Передати їй щось?

— Ні, дякую. Я залишу записку із квітами. У вас знайдеться аркуш паперу?

Алла пішла за папером. Поки її не було, Женька відкрив гарний маленький конвертик, приколотий до кошика з трояндами, вийняв звідти листівку, на якій було акуратно виведено «*Наталю, я вас люблю*», зім'яв і засунув у кишеню. Натомість він швидко написав на принесеному Аллою листочку:

«*Дорога Наталю,*

*Вибачте мене за дурну настирливість. Я зовсім не розумів вас і нічого не знав про ваше життя, в яке так безцеремонно намагався вклинитися. Я бачу тепер, як ви мали рацію, з самого початку даючи мені зрозуміти, що ми один одному не пара.*

*Більше я не набридатиму вам.*

*Євген*».

Вклавши листочок у конверт, Женька попрощався з Аллою і пішов.

У душі в нього було порожньо. Всю дорогу додому він намагався зрозуміти, що це він щойно зробив, і як це могло статися. Він відмовився від дівчини, якої він не вартий. По-перше, це було для нього дивно і неприродно: чим краща дівчина, тим міцніше треба за неї хапатися, і жодних питань — принаймні так він завжди чинив досі. По-друге, Женька вже бачив, що погарячкував і переоцінив свої сили. Слова, написані на листівці, яка лежала тепер зім'ята у нього в кишені, були правдою: він справді покохав Наталку, і не міг уявити собі життя без щоденних дзвінків і без млосного очікування на Театральній, тішачись наполегливою надією, що саме сьогодні все вийде, і Наталя прийме його запрошення. Щоправда, вона більше там не працює — але він знає тепер, де вона живе, і міг би зустрічати її біля будинку... А натомість він обіцяв, що перестане їй набридати. Чи зможе він це зробити? Женька бачив, що ні; цей незвично-шляхетний жест був йому не під силу.

Але ж нові зустрічі все одно ні до чого не приведуть. Який же тоді сенс продовжувати все це, мучаючи її і себе?

Може, поїхати? Не має значення, куди — до Пітера, на південь... Можна й за кордон, гроші в нього зараз є. Навіть якщо не стане легше, принаймні так він виконає обіцяне і не докучатиме Наталці, хоча б якийсь час.

А може... Може, спробувати таки почитати цю саму Біблію? Інтересу до релігії Женька не мав ніякого. Шукати сенс життя він перестав років у п'ятнадцять, коли переконався, що всі навколо чудово обходяться і без сенсу — просто живуть, та й усе. Про Бога ж він взагалі ніколи не думав серйозно. Заради Наталі він міг би, звичайно, змусити себе щось проглянути на цю тему — тільки ж вся штука саме в тому, що цього мало. Мало просто поцікавитися… а більше не хочеться, ох як не хочеться у все це лізти… Як вона казала? До церкви треба ходити не через дівчину, а через Бога. Ось-ось. У цьому й загвоздка. Йому, Женьці, нецікавий Бог, нецікаві всі ці церковні обряди та свята. Хоча, напевно, щось у всьому цьому є, якщо така розумна, освічена дівчина, як Наталя, ставиться до цього настільки серйозно і будує на цих принципах все своє життя, не погоджуючись ні на які компроміси.

На другий день Женька зайшов до книгарні та розшукав там відділ духовної літератури. Продавцем була жінка невизначеного віку, в хустці, жалюгідна й похмура — саме така, якими до зустрічі з Наталкою були у Женьчиному уявленні всі віруючі. Цікаво, чому вони такі? Адже це відштовхує — і від них, і від Бога. Якби Женьці не потрібна була Біблія, він би нізащо не зупинився у цьому відділі.

Читати Біблію виявилося дуже важко, а труднощів Женька не любив. Він починав і кидав кілька разів, зливившись незрозуміло на що і ніяк не осягаючи таємничого сенсу цієї стародавньої книги.

За кілька днів він зателефонував Сашку і повідомив, що йому треба терміново виїхати місяця так на три.

— Чого це раптом? — засмутився Сашко. — І куди?

— Не знаю поки що, кудись подалі.

— Та навіщо?

— Треба, і все.

Сашко розлютився:

— Ти давай говори до ладу — ми з тобою, як-не-як, разом працюємо. Чи влип у що-небудь? Чи, може, хочеш вийти зі справи? Так і скажи.

— Не кип’ятись ти… Зі справи я виходити не збираюся.

Просто виникли деякі неприємності.

— Ось я зараз приїду і розберемося разом, що там ще за неприємності.

— Та не треба, нічого серйозного.

Але Сашко таки приїхав. Він був людиною практичною, і проблеми звик вирішувати швидко та круто. Женька нічого не хотів йому говорити, але за другою пляшкою розслабився, махнув рукою та виклав усе.

— Так, — кивнув Сашко. — І чого тепер? Виїхати ти вирішив «кудись подалі». Ну, скажімо, поїдеш. І що? Що ти там збираєшся робити?

— Візьму з собою цю книжечку... постараюсь її одужати... — промовив Женька і додав невпевнено, відчуваючи, що Сашко зараз підніме його на сміх: — Може, якогось священика знайду, поговорю з ним...

Сашко підскочив на табуретці:

— Та ти що, старий, з глузду з'їхав?! Зовсім збожеволів? Ти ще в монастир піди — зовсім буде добре! На хріна тобі це все? Через бабські примхи все своє життя зруйнувати хочеш?

Женька хотів щось заперечити, але Сашко, що кипів від обурення, не дозволив.

— І не сперечайся, я знаю, що говорю! Розвів теж мильну оперу! Все він кидає і їде, і на все йому начхати! А як же бізнес, дозволь тебе спитати? Врахуй, я його один тягти не зможу три місяці, або скільки там у тебе триватиме ця твоя депресія! Ти мені що обіцяв, коли до справи входив? Забув уже?.. Коротше, так: давай ти візьми себе в руки, і не дури. Подивися на себе: та за тобою натовп дівок побіжить, тільки свисни — і не треба мені казати, що тобі, мовляв, потрібна лише одна ця твоя принцеса! Повір мені, світ на ній клином не зійшовся. А голова пішла обертом — так існує чудовий засіб: провітритися треба, як слід погуляти. Пару-трійку тижнів я тобі, так і бути, зможу виділити. Їдь до Болгарії, тільки замість Біблії візьми з собою купу грошей, щоб ні в чому собі не відмовляти — та й по тому!

І Женька, закинувши Біблію, поїхав на місяць до Болгарії — про що ніколи потім не переставав шкодувати. Життя його перетворилося на якусь шалену свистопляску. З Болгарії він повернувся зовсім не відпочилий, засмиканий і злий, просадивши багато грошей, і з розпачу закрутив роман з Аллою. Алла чудово бачила, що потрібна йому тільки через зовнішню подібність із сестрою, але не обмовилася про це ні словом, майстерно вдаючи, що у них все «по-справжньому»; такий стан речей її, мабуть, анітрохи не бентежив. За це Женька її зненавидів і грубо порвав з нею за першого ж натяку, що вона готова переїхати до нього назовсім. Бізнес то раптом зовсім переставав його цікавити, то починав бачитися єдиною справою, що чогось варта у житті. Женька міг працювати цілодобово, а потім раптом кидав усе на Сашка, допікаючи того до живого, і з якимось ненаситним азартом тринькав зароблені гроші. Подружки, захоплення та хобі змінювалися з неймовірною швидкістю: полювання, більярд, офіціантка, професорська донька, верхова їзда, веслування, співачка, касирка, рулетка...

Чим далі, тим ясніше ставало, що він, Женька, втратив у житті щось дуже важливе — можливо, найголовніше. Тільки ось зупинитися, замислитись і зрозуміти, що ж це все-таки було, не було ні часу, ні сил, ні особливого бажання.

# Ангел-охоронець

Так вийшло, що всі діти жили з татом та з мамою, а Танюшка — з бабусею. Тато й мама у Танюшки теж були, але вони поїхали працювати до Києва і приїжджали лише на свята, щоразу привозячи з собою купу дорогих столичних подарунків. Щоправда, останнім часом приїжджати стала тільки мама, бо у тата була в Києві важлива посада і дуже багато роботи — так говорили Танюшці і так вона думала, доки не підслухала одного вечора, як мама сказала бабусі, що тато, виявляється, «давно змився». Танюшка не зрозуміла, що таке «змився», і вирішила, що це, напевно, означає «загинув», і довгий час плакала тишком-нишком, уявляючи, як тато мився у ванні, занурений у пухирчасту піну, і почав раптом зменшуватися, зменшуватися, і нарешті зник зовсім — змився. Картина ця малювалася Танюшці настільки ясно, що вона й сама почала боятися ванни, не відкриваючи стривоженій бабусі причини свого страху. Бабуся переконувала, що всі люди купаються у ванні і що в цьому немає нічого страшного, і Танюшка вирішила з'ясувати, чому тоді з татом трапилося таке нещастя. Коли мама наступного разу приїхала, Танюшка набралася сміливості і запитала:

— Мамо, а чому тато змився?

Мама перестала малювати губи і суворо подивилася на Танюшку.

— Чого це ти взяла? Бабуся розтріпала?

— Ні, бабуся не розтріпувала, — сказала Танюшка. — Я сама чула, як ти сказала. То чому ж він змився?

— Тому що негідник! — Відрізала мама, встала і пішла.

Танюшка побачила, що мама сердиться, і більше не стала заводити з нею цю розмову — мама й так приїжджає зовсім ненадовго, навіщо її сердити? Тому питання, яке її цікавило, Танюшка одного разу поставила сусідці:

— Тітко Катю, а що таке «негідник»?

Тітка Катя здивувалася чомусь, але відповіла:

— Негідник? Ну, це означає погана людина. А хто тобі сказав таке слово?

— Це не мені, це я чула, як про одну людину сказали, що він негідник, — пояснила Танюшка. — То він поганий?

— Значить, поганий, коли про нього так сказали.

— А поганих же Бог карає? — Здогадалася Танюшка.

— Звичайно, карає, — підтвердила тітка Катя. — Обов'язково.

Загадка вирішилася: виявляється, тато змився тому, що був поганий; це його покарав Бог. Значить, їй, Танюшці, у ванні купатися можна — вона завжди намагалася бути гарною дівчинкою.

Все стало на свої місця, і Танюшка продовжувала мирно жити з бабусею, бачачи маму все рідше і сумуючи за нею дедалі менше. З бабусею жилося дуже здорово, хоч і бідно, бо вона мала маленьку пенсію; зате бабуся знала багато казок, таких цікавих і дивовижних, що Танюшка, хоч і вивчила їх напам'ять, готова була слухати їх знову і знову.

Якось мама, дізнавшись, що Танюшка любить казки, привезла їй із Києва велику книжку з гарними малюнками, але книжка ця Танюшці не сподобалася — вірніше, малюнки сподобалися, а казки ні. Казки там були всі неправильні, ніби їх навмисне хтось переплутав: наприклад, у «Царівні-жабі» розповідалося, що всі три царевичі вистрілили з лука і пішли потім шукати свої стріли, які мали привести їх до їхніх наречених.

— Ось і ні, ось і ні! — запротестувала Танюшка, як бабуся дочитала до цього місця. — Чи вони там, у Києві, казок не знають? Це тільки два старші царевичі стали з лука стріляти, а молодший, Іван-царевич, помолився Богові і попросив підказати йому, де шукати наречену! І Бог сказав: Вирушай у ліс, знайдеш там болото, і врятуєш свою зачаровану наречену!

Бабуся зніяковіло посміхнулася і сказала:

— Та ні... Розумієш, це я тобі так розповідала, переробляла, щоби краще було. А насправді так правильно, як у книжці.

— Нічого там не правильно, — не погодилася Танюшка. — Не хочу більше читати цю книжку, твої казки краще.

Але з цікавості вони таки дочитали книжку. Танюшка вразилася: з усіх казок наче чиєюсь злою рукою було викреслено найголовніше — Бог.

— Як це так? — дивувалась Танюшка. — Невже не зрозуміло, що не міг Іван-царевич сам поодинці триголового Змія Горинича перемогти? Хіба не ясно, що це Бог послав йому на допомогу ангелів? Дурна якась книжка!

— Дурна, — погоджувалась бабуся, — але корисна все одно. І ти постарайся, Танечко, розуму з неї навчитися. У книжці у цій усе як у житті показано: у житті люди теж Бога викреслюють.

— Як це? — Не зрозуміла Танюшка.

— А ось підростеш, до школи підеш — побачиш. Це зараз ми з тобою живемо удвох, і все просто і зрозуміло. А в житті складніше: люди про Бога сперечаються, багато хто говорить, що Його немає, викреслюють, як у цій книжці. Ти таких людей обов'язково зустрінеш; не бійся їх і не стався до них погано, але найголовніше — не вір їм, що б не сталося. Яке б не сталося у тебе нещастя, ніколи не сумнівайся в Богові, пам'ятай, що Він все бачить і знає, і ніколи не кине тебе у біді.

З цього дня Танюшці стало дуже цікаво піти до школи і подивитися на цих дивних людей, побачити, як вони живуть, викресливши Бога. Тому коли бабуся купила зошити, олівці, ручки, пенал і шкільну сумку, Танюшка зраділа і теж почала готуватися. Збираючи сумку, вона уявляла, як потоваришує з іншими дівчатками та хлопчиками, розповідатиме їм правильні казки, гратиметься з ними і пригощатиме їх цукерками — коли приїде мама і привезе цукерок.

Але вийшло все інакше. У перші шкільні дні першокласники поводилися тихо, боялися вчительку і один одного і тільки мовчки витріщали очі на все нове і незвичне, що їх оточувало. Але незабаром освоїлися і показали себе: насамперед вони розділилися на тих, хто мав гарні яскраві речі, закордонні олівці, ластики, ляльки Барбі та іграшки-трансформери — і тих, у кого всього цього не було. У Танюшки була тільки лялька Барбі, але вона нікому про це не сказала і, таким чином, опинилася у другій групі і стала відчувати на собі всі глузування. Танюшку це швидше дивувало, ніж ображало, а хлопці та дівчата, які заздрили клану Барбі-трансформерів і страждали від неможливості до нього приєднатися, викликали в ній жалість і подив.

Якось вона спробувала поговорити про це із сусідкою по парті:

— Оленко, а якщо тобі куплять Барбі чи новий пенал, як у Ірки Усольцевої — що тоді? Ти тоді до них перейдеш, а зі мною більше дружити не будеш?

Оленка серйозно подивилася на Танюшку і сказала:

— Дурниця. Ніхто мені такого пеналу не купить: у матері грошей немає. Давай краще Усольцевій пику наб'ємо, щоб не корчила з себе бодай-що.

Бити пику Танюшка відмовилася, за що Оленка назвала її боягузкою і зневажливо відвернулася.

З іншими дівчатами Танюшка теж не знаходила нічого спільного: їй було нецікаво годинами переказувати дурні мультики, старанно наслідуючи їх звукові ефекти, або з шаленим виглядом носитися коридором, штовхатися і падати. Книжок і казок однокласники не любили і піднімали Танюшку на сміх щоразу, коли вона намагалася про це заговорити, а після того як вона заікнулася одного разу про Бога, до неї намертво приліпилося прізвисько «Танька-попиха» (так пост-радянські діти утворили жіночий рід від слова «поп», не будучи знайомі з існуючим словом «попадя»). Танюшка намагалася не звертати уваги на знущання, чим виводила з себе і Барбі-трансформерів, і дітей більш бідних. Змагаючись у винахідливості, і ті, й інші, раз у раз скидали зі столу Танюшкіни підручники, витрушували на підлогу речі з її сумки, забруднювали крейдою стілець.

— Ну, попиха? Де він, твій Бог? Чого не прийде на допомогу? Ось що хочемо, то тобі й зробимо!

Танюшка терпіла, не плакала; мовчки витирала стілець, піднімала речі та йшла додому.

— Дурненькі негідники, — беззлобно думала вона, не вкладаючи в це слово образливого сенсу, — і як це їм тільки не страшно жити?

Але терпіти ставало дедалі важче. Танюшка ділилася своїми прикростями з бабусею, і та, як могла, втішала її, хвалила за мужність і терпіння — а сама тяжко зітхала і хитала головою, коли думала, що Танюшка не дивиться. Мамі, коли та приїжджала, Танюшка нічого не розповідала: мама нічого не розуміла і тільки гнівалася. Якось бабуся попросила маму залишити Київ та повернутися додому:

— Тяжко нам, — зізналася бабуся. — І дівчинці важко. У школі її ображають... Адже бачать, що батьків нема, тільки одна бабуся стара — отже, все можна. От би ти хоч раз на батьківські збори сходила...

— Що це за «ображають»? — різко перебила мама. — А чому вона дозволяє? Чому постояти за себе не може? Тяжко! А мені, думаєш, легко там, у Києві, самій ішачити?! За квартиру платити, одягатися на щось та ще й вам відкладати! Скажи спасибі, що кручусь і хоч як допомагаю! А тут що я робитиму, у вашій дірі? Працювати за копійки? Танька! Ану, іди сюди!

Танюшка прийшла.

— Ти чого це розпускаєш нюні? — суворо запитала мати. — Чому дозволяєш з себе знущатися? Зовсім квола, чи що? Роздряпала б разок комусь пику — жваво відстануть! Не можеш у класі — підстерегла б після школи, та й віддубасила як слід!

— Мамо... — злякалася Танюшка. — Ти що... теж Бога викреслила?

Мама округлила очі, а потім обернулася до бабусі:

— Знаєш що? Ти давай кінчай дівці мізки морочити цим своїм Богом! Я так і думала, що це все твої штучки!

Мама поїхала, а Танюшкині біди тривали. Якось бабуся спробувала поговорити з вчителькою, але вчителька зробила їй догану:

— Ваша дівчинка сама винна: вона нетовариська і не вміє ладнати з колективом. Діти такого не вибачають.

А другого дня сказала при всіх Танюшці:

— Свої проблеми, Єгорова, треба вирішувати самій, а не скаржитися і не ховатися за бабусину спину. Вже не маленька. Зрозуміла?

Навколо загигикали, і тоді Танюшка вперше по-справжньому розлютилася.

— А я й не скаржилась! — гукнула вона. — Що, я не маю права розповісти рідній бабусі, що тут коїться у вашій поганій школі?!

Вчителька витріщила очі, задихнувшись від люті:

— Ах ти... погань! Голос прорізався?

І, не знайшовши більше слів, вона потягла Танюшку до директора.

Директриса довго і суворо вичитувала дівчинку, яка вперто мовчала, нарешті втомилася і, змусивши її вибачитися, відпустила. Танюшка пробурчала вибачення і повернулася до класу за своєю сумкою. Та сумки під партою не було. Танюшка зазирнула і з того, і з іншого боку і, розгублено випроставшись, виявила, що за її пошуками весело спостерігає від дверей зграйка хлопців. Танюшка все зрозуміла. Їй було не до жартів, і вона різко запитала:

— Де моя сумка? Ану віддайте, жваво!

На неї дивилися задоволені пики, що посміхалися.

— «Віддайте, жваво», — передражнив Дмитро Власов. — Ой, налякала...

Танюшка вирішила, що сумка, мабуть, захована десь у класі, і мовчки розпочала пошуки.

— Шукай, шукай! — підхихикував Власов. — До ранку шукатимеш...

Танюшка вдала, що не чує, і продовжувала заглядати під парти та за штори. Власову швидко набридло це видовище, і він змінив тему:

— Шукай... А ми підемо і спустимо твій мотлох в унітаз!

Решта із захопленням підтримали цю ідею і, регочучи, вискочили з класу. Танюшка кинулася слідом, відчуваючи, що ось-ось не витримає і заплаче: думка про те, що всі її зошити та олівці, з любов'ю куплені бабусею, справді можуть опинитися у смердючому шкільному туалеті, була нестерпна.

— Тільки посмійте! — відчайдушно крикнула вона, але викликала цим лише новий вибух зловтішного сміху.

Компанія на чолі з Власовим бігла до роздягальні, підстрибуючи і раз у раз оглядаючись на Танюшку. Мабуть, сумка була десь там — у шухляді для взуття чи під чиїмось пальто. Танюшка майже наздогнала юних мерзотників і приготувалася мертвою хваткою вчепитися в того, у кого в руках виявиться сумка... Але її випередив молодий чоловік, що несподівано опинився у коридорі. Ніхто з хлопців не встиг збагнути, як усе сталося: секунда — і переляканий Дмитро Власов бовтався в руках незнайомця, піднятий до його обличчя.

— Неси сумку. ШВИДКО. Зрозумів мене? — спокійно й виразно сказав хлопець.

— Так, так, пустіть... — заскиглив злякано Власов.

Хлопець поставив його на підлогу — різко, майже впустив. Власов почовгав у роздягальню, інші пришиблено стояли, не сміючи втекти. Дмитро витяг із взуттєвого ящика Танюшкіну сумку, приніс і зупинився в нерішучості, не знаючи, кому віддавати — дівчинці чи чоловікові.

— Поверни, — наказав хлопець, мотнувши головою на Танюшку. — Отак. А тепер запам'ятайте: то моя сестра.

Хто ще посміє її до неї лізти, нарікайте на себе. Зрозуміло? Тепер геть звідси.

Присоромлена компанія швидко скористалася дарованою свободою і розбіглася.

Танюшка запитливо дивилася на чоловіка, не розуміючи, як вона може бути його сестрою; потім зрозуміла, що він сказав так навмисне — щоб її не кривдили надалі. Тоді вона сором'язливо посміхнулася і сказала:

— Дякую.

— Будь ласка, — просто відповів хлопець. — Якби ти знала, як я давно мріяв це зробити.

— Як це? — Здивувалася Танюшка.

— Потім поясню. А тепер збирайся, Танюшко, і підемо: бабуся сьогодні не зможе за тобою прийти, вона захворіла.

Танюшка задумалася: їй завжди суворо забороняли куди б там не було ходити з чужими дядьками; з іншого боку, цей «дядько» допоміг їй і назвав по імені...

— Мені не можна з незнайомими ходити, — про всяк випадок попередила Танюшка.

— А ми з тобою не зовсім не знайомі, — усміхнувся хлопець. — Ти мене, щоправда, ніколи не бачила, а от я тебе добре знаю.

— А ви хто?

— Я твій ангел-охоронець.

Танюшка повірила і не здивувалася. Те, що люди мають ангелів-охоронців, вона знала давно.

— А тоді чому тебе видно? — спитала вона, вирішивши, що з власним ангелом можна й на «ти».

— Тому що я набув людського вигляду. Щоб тобі допомогти.

Танюшка подумала ще трохи і зазирнула йому за спину:

— А де ж твої крила?

— Вони мені зараз не потрібні. Я маю виглядати, як людина, щоб не лякати інших людей.

— А от я б, навпаки, лякала! — палко заявила Танюшка. — Щоб вони побачили та повірили! А то вони ні в Бога, ні в ангелів ... Уявляєш? Навіть моя мама, і то не вірить!

Ангел зітхнув — совсім як людина.

— Я знаю. Тільки все це дуже складно, і прогулянка з крилами навіть через все місто справі не допоможе. А тепер збирайся: бабуся чекає та хвилюється.

— Вона знає, що ти приведеш мене? Вона тебе теж бачила?

— Так; я прийшов спочатку до неї, щоб заспокоїти. Вона зараз у лікарні. Ми з тобою підемо одразу туди.

Він допоміг Танюшці надягти пальто і взяв її за руку.

— А ти сказав бабусі, що ти ангел? — Розпитувала Танюшка. — Вона повірила?

— Ні, це було б занадто: вона ще дуже слабка після припадка. Я сказав, що я ваш сусід зверху.

Танюшка залилася сміхом — вигадка їй дуже сподобалася:

— Сусід зверху! Сусід зверху!

— З *самого* верху, — усміхнувся ангел.

— А як тебе звати? Гавриїл?

— Ну, одразу й Гавриїл... Гавриїл, між іншим, архангел, і доглядати маленьких дівчаток — навіть таких симпатичних — не його діло. А мене звуть Матвій.

— Матвій?.. — здивувалася Танюшка. — А чому?

— Що чому?

— Ну, таке ім'я... звичайне. Людське. Сучасне навіть: у нас в іншому класі хлопчик є Матвій.

— Ну, по-перше, ім'я це зовсім не сучасне, а дуже давнє, — пояснював ангел. — Воно означає «дар Ягве».

Ягве це хто?

— Це Бог!

— Правильно. А по-друге, ну і що, що людське? Гавриїл і Михайло теж людські імена, а їх носять і архангели.

— Архангели — це ваші начальники?

— Ну якось так...

Танюшка радісно балакала, забігала вперед і смикала свого супутника за руку, ніби перевіряючи, чи справжній він і чи не надумає раптом зникнути. Про свої сьогоднішні неприємності вона вже зовсім забула, поглинута новим другом, який, виявляється, був у неї завжди і завжди знаходився поряд, тільки от не міг раніше стати видимим, бо в нього теж своє начальство, яке треба слухатись.

— А звідки в тебе куртка та джинси? — питала Танюшка, намагаючись нічого не проґавити.

— Я одразу в них з'явився. Так буває завжди: якщо ангели приходять на землю, вони приходять у звичайному людському одязі.

— Щоб не відрізнятись від людей, — кивнула Танюшка. — Зрозуміло. А джинси у тебе, між іншим, класні! У Ірки Усольцевої старший брат у таких ходить.

Матвій усміхнувся.

— Як бачиш, іноді нам доводиться стежити за модою...

Бабуся лежала у великій палаті, на другому ліжку ліворуч. Побачивши Танюшку з Матвієм, бабуся зраділа:

— Привели? Ой, дякую вам величезне! А телеграму доньці відправили до Москви?

— Відправив, все гаразд.

— Ой, Матвію, щоб я без вас робила! — Бабуся посміхалася, але в очах її проймалося занепокоєння. — А поки що дочка не приїде... ви знаєте що? Ви не могли б Танюшку сусідці доручити, Катерині Петрівні? Поясніть їй усе, може, вона погодиться за дівчинкою доглянути... Усього кілька днів — а там і донька має приїхати...

— Не турбуйтесь, Ганно Сергіївно, я сам догляну, — сказав Матвій, опустившись на стілець і посадивши Танюшку до себе на коліна. — Ми з нею вже порозумілися. Правильно?

— Правильно! — Охоче підтвердила Танюшка.

— Та незручно вас турбувати... — вагалася бабуся. — Ви, мабуть, працюєте...

— Нічого, нічого. Я зараз ніби у відпустці, і мені зовсім не важко.

— Адже її і годувати, і в школу провести, і зустріти...

— Впораємося! — усміхався Матвій. — Ось побачите. Щодня будемо до вас приходити та доповідати.

— А тебе коли випишуть? — Запитала Танюшка.

— Лікар сказав, за два тижні. Що ж, дивись, Тетяно: слухайся дядька Матвія, щоб ми з мамою за тебе не червоніли.

Мама приїхала за три дні. Весь цей час Танюшка була з Матвієм: він будив її вранці, годував сніданком, збирав та відводив до школи. Після уроків вони йшли до бабусі в лікарню, і вона зустрічала їх незмінним питанням: «Ну, як ви?» і докладно все випитувала, не перестаючи журитися про те, що Матвієві доводиться поратися з Танюшкою. Танюшка бачила, що бабуся зовсім не здогадується, хто такий Матвій, і це дуже веселило її. Після лікарні вони поверталися додому, купували дорогою продукти, обідали — вірніше, обідала Танюшка: Матвій казав, що людська їжа йому не потрібна.

— Ну, спробуй хоч хліба, — вмовляла Танюшка. — Хіба тобі не цікаво?

— Колись було цікаво, але потім спробував і переконався, що мені ніколи до цього не звикнути.

— А я люблю чорний хліб, особливо, якщо посолити. Ти солити пробував?

— Пробував, — усміхався Матвій. — Не допомагає. Просто ми з тобою по-різному влаштовані.

Увечері він укладав Танюшку спати і дбайливо вкривав ковдрою. Танюшка не знала, чи сидить він поряд усю ніч чи, може, летить, коли вона засне. Хотіла раз запитати, але якось забула.

У школі її більше не чіпали: побоювалися грізного брата.

— Чуєш, Єгорова, — цікавився з шанобливої відстані Дмитро Власов, — а братан твій ким працює?

Танюшка подумала і сказала:

— Охоронцем.

— Бач, ти-и... — із заздрістю простягнув Власов. — То ж я дивлюся: накачаний... А де?

— У нього робота секретна, не можна казати.

— У Києві, мабуть?

— Не скажу, не випитуй.

— Звісно, в Києві, тому й приїжджає рідко... Певна річ...

Через три дні приїхала мама, гаряче подякувала Матвієві і запропонувала йому гроші за занепокоєння. Матвій, зрозуміло, відмовився. Мама сказала, що так не можна і що вона обов'язково до цього питання повернеться, і поспішила до бабусі в лікарню.

— Ну що ж, Танюша... — зітхнув Матвій. — Мені час йти.

Танюшка засмутилася і заплакала, але заперечувати не стала: мабуть, так звеліли строгі архангели, і вони можуть розсердитися.

— А ти ще прийдеш? — тихо спитала вона.

— Спробую коли-небудь... Але твердо обіцяти не можу: сама розумієш, не годиться нам просто так приходити на землю і хизуватися тут у модних джинсах...

— Можна, я подивлюся, як ти полетиш на небо?

— А я не полечу. Я просто зникну і все.

— Прямо зараз?

— Ні; я не хочу тебе налякати. Давай зробимо так: ти проведеш мене до ліфта, я сяду і поїду вгору... І дорогою зникну.

— Давай...

Вони вийшли на сходовий майданчик. Танюшка викликала ліфт; кабіна швидко підійшла. Матвій відчинив двері, нахилився і поцілував дівчинку в щоку.

— Ну, щасливо, Танюша. Запам'ятай: я завжди за тобою стежу і образити не дам — хоча, звичайно, від усього захистити не можу, з чимось доведеться справлятися й самій. Щоб стати сильною. Зрозуміла?

— Зрозуміла. До побачення, Матвію.

— До побачення.

Він увійшов до ліфта, зачинив за собою двері і натиснув верхню кнопку. Кабіна рушила вгору. Піднявши голову, Танюшка дивилася, як Матвій махає їй із віконця.

Ліфт доїхав до останнього поверху та зупинився. Таня прислухалася: ніхто не відчинив там нагорі двері і ніхто не вийшов. «Зник...» — подумала Танюшка, зітхнула і пішла додому.

За півгодини повернулася мама.

— А де дядько Матвій?

— Поїхав...

— Як поїхав? Куди?

— Не сказав. У нього відпустка скінчилась.

— Почекай, може, ще не поїхав? З якої він квартири?

— Не знаю.

— Хіба він не казав тобі?

— Ні. Говорив лише, що він «сусід згори» і що приїжджав у відпустку.

Мама подумала і махнула рукою.

— Ну гаразд. Що ж тепер робити, не буду ж обходити усі поверхи.

Виписавшись із лікарні, бабуся довго з цього приводу обурювалася:

— Обов'язково треба було його розшукати! Хлопець три дні займався дівчиськом, відпустку витратив! Хто ми йому? Ніхто! А він так поставився!

— Він би все одно не взяв грошей, — заперечувала мама.

— Та до чого тут гроші? Хоча б подякувати ще раз, сказати, що якщо чогось потрібно, то ми завжди...

— А що ми можемо? «Якщо чогось потрібно...» А подякувати я подякувала, ось у Таньки спитай. Відчепися, мати!

Але бабуся не хотіла заспокоїтись і почала розпитувати тітку Катю:

— Слухай, Петрівно, ти в нашому домі знаєш усіх. У кого з верхніх поверхів хлопець є молодий, Матвієм зветься? Син чи, може, племінник?

— А як прізвище?

— Прізвища не знаю. Міцний такий, темноволосий. Років так двадцять п'ять-тридцять. Ввічливий дуже.

— Матвієм, кажеш... — Тітка Катя замислилась. — Розуму не докладу. Може, в гості до когось приїхав?

— Може й у гості... А з наших, значить, такого точно немає?

— Не пригадую. Хоча, у Бондарів племінник у Києві

навчається, на актора. Приїжджає іноді. І кличуть його якось так по-простому: чи то Федір, чи то Ігор... Забула. Може, й Матвій. Якщо хочеш, запитаю при нагоді.

— Запитай, запитай...

Коли тітка Катя пішла, мама почала вичитувати бабусі.

— Ну що ти, мамо, насправді?! Влаштувала розшукове бюро! Перед людьми незручно!

Танюшка не витримала і відкрила свою таємницю:

— Перестаньте сваритися. Не знайдете ви його, і ніякий Ігор-Федір тут ні до чого. Тому що Матвій не людина, а ангел, і повернувся на небо.

Бабуся нічого не встигла сказати: мама схопилася зі стільця і напустилася на неї.

— Ну?! Догралася?! Це ти все! Говорила я — перестань забивати дівці голові!

Бабуся розгублено заморгала:

— Що ти, що ти?.. Я нічого такого не казала...

— Він мені сам сказав! — Втрутилася Танюшка. — Сам!

— Що сказав?

— Що він мій ангел-охоронець, і прийняв людську подобу, щоб мені допомогти!

Мама трохи пом'якшала і похитала головою.

— Він пожартував, дурненька, а ти й повірила.

— Нічого не пожартував! — Не здавалася Танюшка. — Він навіть коли мене годував, сам нічого не їв, бо ангелам людська їжа не потрібна!

— А потім клав тебе спати і їв, скільки йому треба. Яка ж ти наївна в мене! Пора б уже бачити, коли тебе розігрують.

Танюшка мало не розплакалася. Зрозумівши, що говорити з мамою марно, вона обернулася і пішла в іншу кімнату.

Незабаром мама повернулася до Києва, і життя потекло як і раніше — якщо не вважати того, що в школі Танюшку так само ніхто не ображав. Всі, звичайно, бачили, що «брат» її кудись поїхав, бо не зустрічав її більше зі школи, але побоювалися його раптової появи і поводилися більш-менш нормально. Спочатку Танюшка дуже чекала Матвія, але потім зрозуміла з сумом, що так скоро йому не дадуть нову «відпустку». Бабуся уникала розмови на цю тему. Вона не переконувала Танюшку, але й не підтримувала її наївної віри в ангела-охоронця, який спустився з неба.

— Хіба ти не віриш, що таке може бути? — дивувалась Танюшка. — Хіба ти не казала мені сама, що кожна людина має свого ангела-охоронця?

— Так, так... — ухильно відповіла бабуся і намагалася перевести розмову на інше.

Поступово Танюшка і сама почала сумніватися, особливо після того, як одного разу зазирнула до них тітка Катя.

— Чуєш, Сергіївно ? Дізналася я: точно, Матвієм бондарівського племінника звати!

«Ну і що, ну і що, — переконувала себе Танюшка. — Може це просто збіглося так, а може, він спеціально взяв і теж назвався Матвієм, щоб підозру відвести...» Але черв'ячок сумніву вже точив її серце.

А за півтора року бабуся померла, і мама забрала Танюшку до Києва. Величезна, галаслива столиця спочатку злякала дівчинку. Страшно було переходити вулицю, що реве, страшно було загубитися в метро. Танюшка з повагою дивилася на своїх ровесників, які безтурботно застрибували у вагони, навіть не дивлячись на схему — так добре вони знали дорогу і так вільно почували себе в цьому дикому вирі.

— Нічого, навчишся! — недбало казала мама. — Головне, будь сміливішою.

Найважче було у школі. Барбі-трансформерів тут мали всі, і по кілька штук, але проблема була не в цьому: такого добра вистачало тепер і в Танюшки, і одягалася вона нічим не гірше за столичних дітей. Але ті, дізнавшись, що вона приїхала з маленького провінційного містечка, дражнили її селючкою — а дражнили тут набагато зліше, ніж удома. Спочатку Танюшка сподівалася, що колись прийде Матвій і знову її врятує, але цього не відбувалося, і, підростаючи, вона переконувалася все більше, що її просто розіграв актор-студент. Розіграв вдало і по-доброму, але згодом Танюшка його за це зненавиділа. «І звідки він тільки дізнався, гад, що я була схиблена на цих казках!» — злісно думала вона. Бабусі поряд не було, і не було кому нагадувати Танюшці про Бога, а все навколишнє життя говорило про те, що права усе-таки мама. Танюшка навчилася «стояти за себе», набула друзів і поступово почала перетворюватися на нахабну та цинічну столичну дівчину. Що таке «змився» і «негідник» вона знала тепер добре, так само як і значення кількох десятків інших слів, куди більш хльостких. Вона взагалі знала тепер дуже багато й увійшла у смак столичного життя — тільки ось не наважувалася поки що спробувати траву чи колеса, відчуваючи до них якусь інтуїтивну ворожість.

— Не інтуїтивну, а сільську! — глузливо заявила одного разу Олеська, яка встигла за свої неповні тринадцять років так багато, що знала про життя абсолютно все і нічого не боялася (принаймні таке вона справляла враження).

Танюха різко повернулася до Олеськи, роздумуючи, вліпити їй чи по дружбі пробачити на перший раз. Олеська відскочила, сміючись:

— Гаразд, добре тобі, я ж не всерйоз. Просто треба ж нарешті людиною стати! Зир, чого я тобі принесла: це зовсім слабкі, від них нічого не буде.

Танюха взяла пігулки і мовчки засунула до кишені. Повертаючись додому, хотіла було викинути в урну, але передумала: а чого, справді? Треба ж хоч дізнатися, з чого вони так тащаться. Принаймні, можна буде тоді говорити: пробувала я цю вашу погань, і мені вона на фіг не потрібна! Не тому, що боюсь, а тому що не котить.

Вона сіла на лаву у сквері і витягла з кишені маленькі білі кружечки. Запивають їх, чи що, чи так їдять?.. І скільки одразу?.. Треба було спитати в Олеськи ... А, нехай!

Танюха хотіла вже закинути пігулки до рота — але хтось схопив її за руку і твердо сказав:

— Не треба.

Вона здригнулася, підвела очі — і якось спочатку навіть не здивувалася, побачивши Матвія. Він стояв поруч і був точнісінько таким, яким вона його запам'ятала: темноволосий, підтягнутий і спортивний, з серйозним поглядом і бездоганно правильним обличчям — і навіть куртка та джинси залишилися тими самими.

Танюха схаменулась і схопилася.

— Ти?! Чого тобі треба? Чого лізеш? Хочу і буду колеса ковтати! Яке тобі діло? Мало тобі, що дуру з мене зробив, змусив на кілька років повірити у повну туфту?!

Матвій з сумом похитав головою.

— Як ти могла?.. Як ти могла все забути? Тобі було даровано таке, про що не сміють мріяти найкращі з святих. Я був з тобою цілих три дні, майже невідлучно. Я думав, тобі вистачить цього на все життя — а ти повірила в перше пояснення, яке запропонував тобі світ, що викреслив Бога!

Скажи мені, як міг я одразу тебе впізнати тоді, у школі, якщо я, як ти тепер думаєш, був насправді студентом-актором, котрий ніколи тебе раніше не бачив?! Звідки я дізнався, що вони сховали твою сумку, і що зробив це саме Власов? Як я вгадав серед одягу, що висів у роздягальні, твоє пальто, яке зняв і подав тобі? Звідки, нарешті, я дізнався про те, що потрапила до лікарні твоя бабуся, і що, крім неї, про тебе не було кому тоді подбати?

Танюха слухала, в страху розширивши очі.

— Я міг би продовжувати і продовжувати, — тихо казав Матвій. — Все було так очевидно. Я тільки не показував тобі жодних фокусів — думав, що дівчинці з такою чистою вірою це не треба та й не хотів тебе злякати. Я з'явився і зник просто без спецефектів. І що? Виходить, тобі, як і тисячам інших маловірів, потрібне тільки це?.. Ну що ж, будь ласка. Можна й так.

Він відступив на крок і, спалахнувши раптом сліпучим світлом, розчинився в повітрі під несподіваний гуркіт грому.

Танюха стояла нерухомо, наче приросла до місця. Білі кружечки випали з її руки.

— Господи... — прошепотіла вона, ледве ворушачи губами. — Матвію!.. О, Господи...

І як підкошена впала на коліна, заливаючись слізьми.

# КНИГА

Я безцільно блукаю вулицями, намагаючись нагуляти натхнення. Але воно не приходить: думки не слухаються, розбігаються в сторони або тупцюють на місці, і сюжет нової повісті, що застряг на середині, ніяк не вимальовується далі. На душі від цього важко й нудно. Час іде, і дорогоцінний вихідний, за який можна було б написати цілий розділ, пропадає даремно.

Я крокую вже близько двох годин, починаю замерзати і повертаю до будинку, щулячись від колючого вітру. Я думаю про те, що зараз схожа на кулькову ручку, у якої закінчився стрижень: ось вона лежить, ручка, зроблена для того, щоб писати — але стрижень порожній, і писати вона не може. Поки що не замінять стрижень; зробити це сама вона не в змозі. Отак і я. Стрижень — це натхнення, без нього я не можу працювати. Замінити стрижень сама я теж не можу: натхнення приходить згори і від мене не залежить. У мене, щоправда, є кілька засобів, якими іноді вдається «підштовхнути» натхнення; один із них — це некваплива прогулянка. Я давно переконалася, що це буває набагато корисніше за вперте і безглузде сидіння за письмовим столом. Але сьогодні прогулянка не допомагає. Натхнення, мабуть, вирішило нагадати мені ще раз, що не воно підпорядковується мені, а я йому, і незважаючи на те, що в мене виходять досить вдалі речі і мене іноді називають «талановитим молодим автором» — у всьому цьому немає великої моєї заслуги. Що ж? Я це знаю, не сперечаюся і не задираю носа.

Прийшовши додому та поставивши чайник, я вирішую не здаватися та спробувати ще один засіб: порадитися з героями своєї майбутньої книги. Усі вони виписані вже досить чітко і встигли здобути достатню самостійність, з якою мені доводиться рахуватися. Коли персонажі досягають такого розвитку, вони можуть стати дуже корисними співрозмовниками і підкинути при нагоді непогану ідею.

Я зручно влаштовуюсь у кріслі, ставлю поряд на журнальний столик чай та печиво. Кого ж мені запросити першим? Ну звичайно, шляхетного Кальвістана: він займає в повісті одне з центральних місць, від нього багато залежить, та й розмовляти з ним завжди цікаво.

Кальвістан з'являється негайно, знімає капелюх і вітає мене чемним поклоном. Весь його вишуканий вигляд, від розкішного оксамитового камзолу до позолоченого ефесу шпаги, різко контрастує з більш ніж скромною обстановкою моєї маленької кімнатки. Невеликим зусиллям уяви я могла б перемістити нашу зустріч у якийсь білокам'яний палац, та й себе нарядити відповідним чином — але мені зараз не до цього: мені треба зрушити з мертвої точки, знайти обірвану сюжетну нитку.

— Доброго дня, ваша світлість, — говорю я. — Я дуже рада вас бачити. Проходьте, сідайте і залиште, будь ласка, всілякі церемонії. Чи не бажаєте чаю?

Кальвістан опускається у крісло, посміхаючись трохи докірливо.

— Дякую вам. Я скуштував би цього чаю з великим інтересом і задоволенням, якби міг, а потім мав би честь запросити вас завітати до мене в замок і пригоститися будь-яким із трьох найкращих сортів мого чаю — але, на жаль, обидва ми добре знаємо, що це неможливо. Якимось невідомим для мене чином ви здатні розмикати таємничий кордон між нашими світами, ви можете приходити до нас або викликати нас до себе — однак повноцінно жити в чужому світі, користуватися його речами та куштувати його страви нам з вами не дано.

— Можливо, це й на краще, — сміюся я, — принаймні для вас: боюся, що багато «страв» нашого світу виявилися б для вас справжньою отрутою, особливо цей чай сумнівного виробництва, який я, втім, і не думала вам пропонувати: я мала на увазі ваш, торингтонський чай, чашечку якого мені нічого не варто викликати для вас сюди.

Кальвістан бере чашку ароматно паруючого напою, що виникла перед ним,  і дякує, не виявивши здивування. У його світі предмети теж не з'являються ось так прямо з повітря, але, відвідуючи мене, мої герої привчені нічому не дивуватися і не ставити зайвих питань — інакше довелося б щоразу пояснювати їм сотні речей та понять, які далеко не завжди ясні мені самій.

— Як проходить ваше плавання, графе? — питаю я.

По обличчю Кальвістану пробігає тінь.

— Плавання йде непогано… але не так швидко, як мені хотілося б. Ви ж знаєте: я мушу якнайшвидше потрапити в Алігон, дістатися річкою до Уйшульського озера і розшукати там цей злощасний острів…

Я це знаю. Він рветься туди щосили, бажаючи врятувати друга, що потрапив у біду, безшабашного зірви-голову Шенка, який пустився на пошуки скарбів, начитавшись дешевих книжок. Кальвістан не знає, що ніякого Шенка на острові немає, а листа з проханням про допомогу зварганила зграя волоцюг, яким Шенк розтріпав по дурості, що з дитинства дружить з молодим графом Кальвістаном.

Нічого цього я не можу йому відкрити, і тим важче мені поставити своє питання:

— Скажіть, графе... що могло б затримати вас у дорозі?

Ці слова, зрозуміло, шокують Кальвістана.

— Затримати?! — вигукує він. — Як затримати, чому? Шенк валяється там у лихоманці, пограбований і побитий! Шенк, мій друг дитинства! Та я постійно благаю небеса, щоб не трапилося жодних затримок — я ж везу ліки та гроші!

— Я знаю, графе, знаю і, повірте, не хочу нічого поганого. І все ж таки подумайте: яка причина могла б змусити вас зупинитися в Алігоні хоча б на пару тижнів?

— Ніяка!

Кальвістан дивиться твердо, майже зухвало, і я знаю, що він справді не зупиниться ні перед чим. Але я все ж таки вирішую спробувати знайти хоч якусь зачіпку.

— Що, якщо ваш батько дізнається про справжню мету вашої подорожі і вимагатиме, щоб ви повернулися?

— Я цього не зроблю! — Без вагань заявляє він. — Я знаю, батько ніколи не схвалював моєї дружби з Шенком, сином простого купця — проте це не змусить мене стати негідником і кинути друга! І я думаю, батькові це добре відомо, так що він, навіть якщо розгнівається, не намагатиметься мене зупинити.

Він має рацію. Кальвістан-старший не дуже зрадіє, довідавшись, що син вирушив виручати шолопая Шенка, але й не стане на його шляху: старий граф сам навчав його поняттям обов'язку та честі.

— Добре, — погоджуюсь я. — Але припустимо, що ваш батько занепокоїться і надішле вам навздогін ще кілька людей, щоб вони супроводжували вас на острів — адже ви взяли з собою тільки Кайдара, вашого слугу. І ось, прибувши до Алігона, ви знайдете там лист батька з проханням затриматися на кілька днів і почекати підкріплення.

Кальвістан здивовано знизує плечима.

— Навіщо підкріплення? Хіба ж я їду воювати? І чого б ото раптом батькові турбуватися?

— Припустимо, він знайшов листа Шенка, який змусив вас пуститися в дорогу, і побачивши, що він написаний чиєюсь чужою, малограмотною рукою, запідозрив підробку.

— Але ж там усе пояснюється: це писав не сам Шенк, а селянин, який знайшов і притулив його. Шенк лежить у лихоманці, безпам'ятно — він не зміг би написати, навіть якби захотів. Кілька разів він назвав у маренні моє ім'я, добрий господар почув і вирішив надіслати мені листа. Що в цьому підозрілого? На мою думку, навпаки — все дуже ясно і правдоподібно.

— Ваш батько досвідченіший і обережніший за вас, Кальвістан, — заперечую я.

— Я з цим не сперечаюся, але... — розсміявшись, він плескає себе по кишені. — Але ж лист у мене! Я взяв його з собою, тож батько його не побачить.

— Ви впевнені? — невинно питаю я (мені нічого не варто миттєво відправити листа назад у замок і підсунути на очі старому). — Поспіхом ви могли залишити його на столі.

Кальвістан перевіряє кишені і розгублено дивиться на мене.

— Точно... Треба ж — хотів узяти, і забув... — Він на мить замислюється і оголошує з усмішкою: — Але це нічого не змінює: якщо батько знайде листа і вирішить надіслати допомогу, я залишу в Алігоні слугу, а сам поїду далі. Слуга дочекається людей, і потім вони всі наздоженуть мене.

«Час від часу не легше, — думаю я про себе. — Він вирушить у пастку один. Ні, так не піде; не треба старому графу знаходити цей лист. Уся витівка відпадає».

Несподівано різко дзвонить телефон. Кальвістан здивовано озирається.

— Що це?

— Один із хитромудрих апаратів, яких у вашому світі поки що не винайшли, — пояснюю я, розгнівавшись на таке гучне і безцеремонне втручання в нашу бесіду. — Ця штука дозволяє перемовлятися на відстані. Вибачте, графе.

Я підводжусь і підходжу до телефону.

— Алько, привіт! — чується бадьорий голос Натахи. — Чим займаєшся?

— Працюю...

— У вихідний?! Ось дурниця! Давай кидай це діло і дмуй сюди! Дімка запрошує народ на дачу!

— Не можу, Натахо, вибач.

— Брешеш, мабуть, «не можу»! Не хочеш їхати? Зізнавайся!

— І не можу, і не хочу. Ти ж знаєш, я не люблю тусовок.

«...тим більш незапланованих», — подумки додаю я. Ніщо не дратує мене більше, ніж несподіване порушення планів, особливо якщо в ці плани входить робота. Що ж робити? Я така; я кулькова ручка, зроблена для того, щоб писати. Жодне інше заняття не здатне по-справжньому мене захопити. Я така, і мене не переробиш, — що, на жаль, багатьом важко зрозуміти.

— Та гаразд тобі, приїжджай! — Умовляє Натаха. — Ти плюнь на цю свою роботу! Усіх грошей не заробиш, і відпочивати теж треба!

Я усміхаюся. Вона думає, що я надриваюся через гроші, взяла додому якийсь підробіток. Майже ніхто з моїх знайомих не знає, що я пишу і друкуюсь, хоча деякі навіть читали мої речі: я пишу під псевдонімом і не хвалюся своїми досягненнями.

— Я вже відпочивала сьогодні, — кажу я, — а працюю не за гроші, а для душі, тож відчепись.

— Дивна ти якась, — підсумовує Натаха.

— Дивна. Єдина та неповторна.

— Виходить, не приїдеш?

— Ні. Передавай усім привіт.

Я кладу слухавку. Кальвістан з цікавістю спостерігає за мною.

— Чи можу я поцікавитися, як далеко знаходиться людина, з якою ви зараз розмовляли?

— Недалеко, в цьому ж місті.

Він здивований:

— А чи можна перемовлятися і з іншими містами?!

— І навіть із іншими країнами, графе. Навіть з іншими країнами.

Я розгублено відповідаю йому, намагаючись зібратися з думками та згадати, на чому ми зупинилися. Кальвістан користується цим і продовжує розпитувати про телефон:

— А коли буде винайдений такий апарат у нашому світі?

— Не знаю. Сподіваюся, що не скоро.

— Чому?! Це ж, мабуть, дуже зручно! Тільки подумати: можна миттєво зв’язатися з тими, кого любиш, почути їхній голос...

Мені доводиться розвіяти його захоплення.

— Все не так просто, графе. Ваш світ аналогічний нашому, хоч і здається спочатку зовсім іншим — отже, і розвивається він за тими самими законами. І ось що я вам скажу: ця мила машинка стала у нас однією з перших ластівок небаченого досі технічного прогресу; світ сильно змінився, і жити в ньому стало зручніше, так, але й набагато страшніше.

— ...Чому?

— Причин тому багато, і я не візьмуся назвати усі... Та й не хочеться зараз про це говорити.

Я бачу, що толку не буде, і вирішую його відпустити.

— Ідіть, графе. Продовжуйте своє плавання. Бажаю вам попутного вітру.

Кальвістан розкланюється та йде. Здається, я маю лише один спосіб затримати його в Алігоні: влаштувати йому поєдинок і поранення. Робити це мені дуже не хочеться; мені шкода молодого графа, на якого і без того чекає чимало небезпек.

Я вирушаю на кухню і наливаю собі ще чаю, щосили намагаючись вигадати щось інше. Раптом мені приходить ідея: якщо Шенк напише Кальвістану листа, де розповість, що живий-здоровий і подорож проходить нормально, граф зрозуміє, що перший лист був фальшивкою. Після відплиття графа вся його кореспонденція пересилається до Алігона, куди він має прибути на днях; якщо Кальвістан знайде там листа від Шенка, він зупиниться.

Якщо знайде листа від Шенка... Тільки ось чи можливо змусити Шенка написати цього листа?

Я кличу безтурботного бродягу-шукача скарбів. Він з'являється, засмаглий і білозубий, незмінно веселий, з кинджалом на поясі, з дорожньою сумкою через плече, і зупиняється в дверях, хвацько заломивши капелюх.

— Здрастуйте, Шенку.

— Здорово!

Він завжди такий: простий, добродушний і сміливий до нерозсудливості, і все йому байдуже.

— Як йдуть твої пошуки?

— Чудово! Ось купив учора карту в одного старого, каже піратська! Якщо зможу розшукати це місце — точно скарб візьму, справа вірна.

— А коли додому думаєш?

Шенк зневажливо махає рукою:

— Е, додому! Чого я там не бачив? Батько цілими днями сидить у лавці, і мене змушує. Ні, поки хоч маленького скарба не надибаю, додому не повернусь!

— У тебе скоро гроші закінчяться.

— Не біда. Зупинюся десь, підроблю.

— Гаразд, Шенку, справа твоя. Гуляй, доки не набридне. Аби тільки написав ти листа другу своєму, Кальвістану... Га?

Він дивиться на мене здивовано.

— Листа?.. Чого б то я раптом йому писатиму?

— Адже обіцяв.

— Я обіцяв?

— А ти згадай.

Шенк старанно хмурить брови, потім, згадавши, знову розпливається широкою безтурботною посмішкою.

— Та хіба ж це обіцяв? Так, прощалися коли, він мені каже — давай, мовляв, щасливої подорожі, удачі тобі, пиши, не пропадай. Ну, я й кажу — гаразд. Це я так просто. Для порядку.

— Збрехав, значить?

— Чогой-сь збрехав?! — спалахує він. — Нічого я не

брехав! Може, й напишу колись. Що я — панночка, щоб, не встигнувши поїхати, одразу листи писати?

— Ти вже давно поїхав.

Шенк упирається.

— Ну, і що з того? Про що писати? Нічого не трапилося, скарбу поки що не знайшов.

— Напиши просто: все добре, був там і там. Подай звістку.

— Такі писульки нареченій пишуть, щоби не забула! — регоче Шенк. — А чоловікам сюсюкатися ні до чого. Нема чого даремно папір бруднити.

Він не знає, що з його милості, через його легковажну балаканину за склянкою вина в придорожній корчмі, Кальвістан мчить зараз назустріч небезпеці. Шенк славний малий, але химерний і безтурботний; він не вміє бути серйозним, не звик обмірковувати свої вчинки та турбуватися про їхні наслідки. Мені належить провести його через багато чого, щоб навчити розуму.

— Ех, безглузда ти голова! — з пересердя кажу я.

Він надимається і бурчить:

— Самі ви... голова. Чого обзиваєтесь? Якби ви були чоловіком, я б вам за це потиличника вліпив.

Помовчавши, він каже тихо:

— Наче Кальвістану потрібні мої каракулі... Це він так, з ввічливості сказав. У нього, знаєте, життя графське: цікавіше заняття є. Та й не такі вже ми з ним тепер друзі... Ну, лазили в дитинстві разом через огорожі, стріляли з лука, купалися там... Так мені батько завжди казав: знай своє місце, синку, не забувай, хто ти є, і не дуже сподівайся на графську дружбу; будь, говорив, готовий до того, що, як виростете, розійдетеся ви з твоїм Кальвістаном, не до тебе йому буде.

— Хіба ти цьому вірив?

— Не вірив, звичайно, а тільки тепер думаю, що, мабуть, мав рацію батько. Хто я, і хто Кальвістан?.. Не буду лізти до нього, не писатиму листа!

— Дурна гординя, через яку...

Знову дзвонить телефон і не дає мені договорити. Я зриваю трубку:

— Так!

— Алько, привіт, слухай, справа є, — тараторить Іруська, моя двоюрідна сестра. — Слухай, ти скільки за ті свої чоботи віддала, чорненькі, пам'ятаєш, у яких ти приходила до мене востаннє?

Я не відразу розумію, в чому річ.

— Чорні?.. А, ну так. Адже я їх ще навесні купувала.

— Ну то й що?

— Думаєш, я пам'ятаю ціну?

— Та ти що? — жахається Іруська. — Правда, що не пам'ятаєш?!

— Чесне піонерське. Я ж не знала, що тобі знадобиться — то чого мізки засмічувати?

Ми розлучаємося у взаємному здивуванні. Іруська не розуміє, як це можна забути таку насущну інформацію; я не розумію, навіщо треба півроку пам'ятати такі дурниці.

Я повертаюся до кімнати. Шенка там немає; він скористався моментом і втік. Можна, звичайно, притягнути його назад, та тільки який сенс?

У двері обережно заглядає вихорстий хлопчина в рваній матросці і грубих парусинових штанах до колін. Це Чарлі, корабельний юнга.

— Привіт, Чарлі, — розгублено посміхаюся я. — Що ти тут робиш? Я тебе не кликала.

— Звичайно, де вже нам, — ображено бубонить він,

не наважуючись переступити поріг. — Хто ми такі? Так, епізодичний персонаж: майнув кілька разів, і гаразд. Ні особи, ні характеру.

— Неправда, і ти це знаєш. Є в тебе і обличчя, і характер, причому дуже симпатичні.

— Так? І де вони показані?

— Отак би одразу й казав: є, але не показано, і тобі це прикро. Це цілком можна зрозуміти. Гаразд, проходь, сідай у крісло. Поговоримо.

Чарлі заходить, але не сідає, глянувши на свої промаслені штани.

— Забрудню...

— Не бійся, не забрудниш, навіть якщо дуже постараєшся. Сідай і розказуй, із чим прийшов.

Я здогадуюсь, навіщо він з'явився. Чарлі, дійсно, продуманий і виписаний надто добре для епізодичного персонажа, і мені самій уже приходила думка використати його десь ще.

— Не хочу я більше плавати на кораблі, — каже раптом Чарлі.

— Чому? Адже ти так любиш море.

— Море — так. А ось п'янки та бійки матросів разом з їхньою лайкою та похабними жартами сидять у мене в печінках! Ви хочете, щоб я також став таким?

— Таким ти не станеш, як не захочеш.

— Не хочу, тож і вирішив піти з корабля. Важко, знаєте, залишатися чистим, щодня купаючись у багнюці. До мене й так причепилися вже деякі морські лайки. Та й як їм не причепитися, коли один тільки старший помічник по двадцять разів на день називає мене, знаєте як?

— Знаю, можеш не повторювати.

— Ну ось! Треба ж мені щось відповідати!

— Зовсім необов'язково.

— А тоді взагалі життя не дадуть. Наче не знаєте?

— Добре, Чарлі. Що ти маєш намір робити?

Чорні очі юнги радісно спалахують:

— Нехай його світлість граф Кальвістан візьме мене з собою!

— Он воно що! — Сміюся я. — Помітив ти, бачу, пасажира?

— Та як же його не помітити? При ньому навіть капітан на нас не лається, а старший помічник та й взагалі мовчить. Я зі графським слугою поговорив, з Кайдаром — нічого собі малий, носа не задирає. Він каже, його світлість граф грубості не терпить, і ніколи не дозволяє людей даремно ображати. Ну, я й подумав: ось би мені такого хазяїна! І вирішив попроситися до нього на службу.

— Боюся, не до тебе буде графові. Справа в нього термінова, поспішає він дуже.

— А я таки попрошусь. Багажу у графа багато, а слуга лише один; тяжко йому буде. А носії в Алігоні нахабні, дорого беруть...

«Чому б і ні? — розмірковую я про себе. — Такий хлопець, як Чарлі, Кальвістану дуже став би в пригоді...»

— Що ж, спробуй. Тільки моя тобі порада: розкажи графові чесно, чому хочеш піти з корабля.

Юнга зніяковіло поводить плечем.

— Та ж незручно... Скаже — бачиш, ніжний який, наче яка панночка!

— Не скаже. Кайдар казав правду: граф Кальвістан не терпить грубощів. Він усе зрозуміє, і так швидше візьме на службу. А інакше подумає, що ти хочеш найнятись через гроші.

— Так?.. — Чарлі замислюється. — І справді... Ну, дякую, я так і зроблю!

— Давай. Хай щастить тобі.

Юнга зникає, радісний та окрилений.

Що ж, це вже щось. Тепер Кальвістан матиме ще одну віддану душу. От і добре — а там подивимося, як це все обіграти. Я беру охололу чашку чаю і відразу ставлю назад на столик: мені спадає на думку поговорити з людиною, заради зустрічі з якою я, власне, і намагаюся затримати молодого графа в Алігоні. Це Еллі — дівчина, яку полюбить Кальвістан.

Еллі сідає навпроти і тихо посміхається до мене. Її образ готовий і відточений, але поки що не ступив на сторінки повісті, і це надає їй якоїсь «ненародженості»: Еллі не зробила ще жодного вчинку, не вимовила жодного слова, не почала жити.

Я мовчки милуюсь дівчиною. Ні, вона не вбивча красуня; якби мені прийшло раптом бажання написати любовний роман-пустушку, тоді, зрозуміло, довелося б наділити героїню величезними смарагдовими очима, розкішним волоссям, оксамитовою шкірою та рештою, чого не буває в природі — вірніше, буває, але вкрай рідко збирається разом в одній людині. Але я не пишу пустушок, і тому у Еллі звичайна, дещо тендітна, зовнішність. Настільки звичайна, що кожен, хто знайомиться з цією дівчиною, через якийсь час ловить себе на думці: «Та що ж у ній є такого особливого?..» А особливе є: у кожному слові, у кожній посмішці, у кожному погляді «невеличезних», але милих і чистих очей. Еллі поводиться природно і просто, ніколи не кокетує, не намагається викликати до себе інтерес і сама не може зрозуміти, чому людей тягне до неї як магнітом. На відміну від неї, я знаю, в чому секрет... але нікому не скажу: нехай читач дошукується сам, крокуючи сторінками книги.

— Доброго дня, Еллі, хороша моя дівчинка, — з посмішкою кажу я. — Скажи мені...

Але злощасний телефон знову видає заливний дзвін. «Удушу», — думаю я і, схопивши трубку, стискаю її з такою силою, наче й справді хочу задушити.

— Аля?.. — каже засмучений Машкін голос, такий жалюгідний, що в мене одразу пропадає вся войовничість.

— Машко, ти? Ти що, плачеш?

— Та ні...

— Я ж чую! Що сталося?

— Нудно мені, Аль... Може, зайдеш?

— Звичайно, можу прийти, якщо хочеш — ти тільки скажи, що скоїлося?

— Та нічого такого... А нудно, набридло все... Нічого не можу з собою вдіяти.

— Зараз прийду, грій давай чайник.

Машка живе поряд, всього за десять хвилин пішки. Я накидаю пальто, обертаюсь — і бачу Еллі, і Кальвістана, і Шенка, і Чарлі. Вони мовчки і запитливо дивляться на мене — не докірливо, ні: вони розуміють, що Машкине горе зараз важливіше за наші з ними справи. Але не йдуть. Вони хочуть допомогти.

— Ідіть, йдіть, — говорю я. — Чим ви допоможете?

— Але, можливо... — обережно намагається заперечити Кальвістан, — можливо, ми все ж таки могли б...

— Так, — заступається Шенк. — Ви нам тільки скажіть, у чому річ.

— Дякую, хлопці, але нічого не вийде. Що ви знаєте про наш світ?

— Ви казали, що він аналогічний до нашого, — нагадує мені Кальвістан.

Я одягаю черевики і замотуюсь шарфом.

— Аналогічний, але не ідентичний. Ви не уявляєте, що у нас тут діється.

— Я думаю, приблизно те саме, що й у нас, — не здається Кальвістан. — Хіба що ваші наукові здобутки накладають деякі особливості.

— «Деякі особливості»?! — спалахую я. — Добре, графе, я вам про них розповім. Ви питали, чому стало страшно жити в епоху прогресу. Слухайте. Люди запишалися своїми знаннями і стали в небачених досі кількостях і масштабах відкидати того, кого ви називаєте Владикою Небес, а ми Богом. Наслідуючи якусь збочену логіку, люди примудрилися побачити у своїх технічних досягненнях аргументи проти існування Творця — ніби винайдений ними об'єктив не є примітивною і грубою копією куди тоншого пристрою під назвою «очей», давним-давно запатентованого куди талановитішим Винахідником! Людство вирішило, що в нього розв'язані руки, і ось результат: світ не бачив таких воєн, такої зброї, такої крові та таких масових убивств, які приніс наш вік; цинізм і розпуста стали нормою; вступ до офіційного шлюбу став дивним капризом, винятком із правил; проблема непотрібної вагітності вирішується просто, швидко і законно — вбивства ненароджених дітей у нас офіційно дозволені і відбуваються регулярно... Ну як? Вам досить, чи розповісти вам ще?

Вони дивляться на мене широко розплющеними очима. Я не боюся говорити їм такі речі — вони не вберуть їх і не розбещуться: повернувшись у свій світ, вони забудуть усе, що почули тут.

— І в нас теж буде таке? — тихо питає Еллі.

Я мовчу.

Еллі несміливо наполягає:

— Буде?

— Не знаю. Можу сказати лише одне: якщо й буде, то не скоро.

— Не допускайте такого у нашому світі, — просить Кальвістан.

— Це не до мене, графе, — сумно посміхаюся я. — Не плутайте мене з Владикою Небес: я не можу змінити встановлені Ним закони і принципи, ні у своєму світі, ні у вашому. Я лише кулькова... тобто перо, перо для письма; я описую людей та події — і тільки.

Вони придушено мовчать.

— Ідіть, — кажу я, натягуючи рукавички. — Ви тепер бачите, що не зумієте допомогти моїй подрузі. Я й сама ще не знаю, як їй допомагатиму, що говорити і як доводити, що життя, хоч і буває часом несолодким, все-таки не зовсім загибла штука.

— А ви... подаруйте їй нас, — раптом пропонує Еллі.

Від несподіванки я зупинилася на порозі.

— Що?

— *Подаруйте їй нас*, — повторює дівчина. — І ми, як зуміємо, розповімо їй про життя та про Владику Небес. Хіба не для цього ви пишете свою книгу?

Оце так. Вони, виявляється, знають мене не гірше, ніж я їх, і чудово розуміють своє призначення...

— Але ж книжка ще не закінчена, — невпевнено заперечую я. — Я нікому не показую незавершених робіт... Та й Машці навряд чи сподобається такий жанр, навряд чи вона зуміє в ньому розібратися: у кращому разі прочитає, як цікаві пригоди, у найгіршому — скаже, що давно виросла з романтичного віку...

— А ви все ж таки спробуйте, — м’яко переконує Кальвістан. — Ви ж самі казали, що розумний читач завжди якщо й не зрозуміє, то відчує, що хотів вкласти в книгу автор.

— Можливо, я помилялася, і приклад тому — Толкін, якого запоєм читає безліч недурних людей і, проте, бачить у його книгах лише захоплюючий сюжет, приправлений цікавою філософією — і дуже мало кому спадає на думку, що через усе це професор намагався розповісти про Бога. Втім, добре: зізнаюся, ви мене частково переконали, і я візьму з собою книгу.

За десять хвилин ми сидимо з Машкою на її маленькій кухоньці. Перед нами на столі остигає чай; бліда і заплакана Машка говорить, а я слухаю.

— Ти вибач, Аль, що я тебе смикнула. Я, мабуть, просто дурниця. Всі люди живуть, у всіх проблеми, і гірші за мої... Та в мене і проблем, власне, немає особливих: робота, будинок — звичайна метушня. Як у всіх. Чого мені, питається, треба? А повіриш — іноді просто вити хочеться, так набридло все, так набридло, таким здається безглуздим... і безнадійним... І розповісти нікому не можу, ніхто не розуміє. Сашка каже — та кинь ти, все нормально, ну випий віна, зрештою. А я боюся: так і звикнути недовго. Сама не зрозумію, що зі мною таке діється... Може, я ненормальна?

Я знаю, що повинна їй сказати: «Нормальна ти, навіть нормальніша за багатьох інших: адже інші, якщо докопатися, теж не знають, навіщо живуть, а прикидаються, що все гаразд, обманюють себе та інших. І повір мені, іноді теж зриваються і хочуть вити — тільки не розказують про це. А вся штука в тому, що людина влаштована певним чином — ось як машина, яка працює на бензині: заливай ти в неї воду чи дороге шампанське — толку не буде. Потрібен бензин і нічим ти його не заміниш; бо так вже влаштована машина. Ось і людина: ну не може він жити без Бога, хоч би як старався і чим би себе не обманював. Все одно буде в ньому ця порожнеча, і не заповниш її нічим іншим — ні вином, ні друзями, ні улюбленою роботою, ні сім'єю та дітьми...»

Ось що треба сказати. Але я не скажу: Машка не слухатиме, одразу закриється, і між нами виросте стіна. Саме тому я й пишу свої книги: з багатьма людьми говорити про Бога неймовірно складно. Багато хто сіпається, як від удару струмом, ледве почувши це слово, і одразу стискається, ховається в шкаралупу.

Я говорю Машці тільки першу частину: що вона зовсім не ненормальна, і що такі зриви бувають у всіх, хто не перейшов на тваринне існування — поїв-попив-поспав. Вона посміхається крізь ще не висохлі сльози.

— Думаєш? Ну добре, що хоч я не одна така психопатка.

— Я тобі почитати дещо принесла, — кажу я. — Хочеш?

— Ой, давай! — зраділо киває Машка. — Бо я з цією роботою вже сто років нічого не читала, тільки журнали різні.

Я дістаю з торби роздруківку книги.

— Ось, тримай. Тут, щоправда, лише перша частина.

Машка бере непрошиту пачку аркушів, дивиться на назву та на прізвище автора, намагається пригадати:

— Я, здається, щось таке чула... Та не читала. З інтернету надруковано?

— Ні... — Я не хочу брехати, але й зізнаватись теж не хочу. — Дівуля одна дала.

— Так, явно з інтернету. Цікаве?

— На мою думку, нічого.

— Гаразд, перевіримо. На скільки даєш?

— Бери поки що на тиждень, а там буде видно...

Але Машка дзвонить мені вже через день і збуджено кричить у телефон:

— Алько, слухай, де продовження?! У тебе? Ні? Як дістанеш — я на черзі, гаразд? Я не могла відірватися! Слухай, я тільки зараз зрозуміла, яка я була дурна, що перестала читати!

Вона ще щось говорить, але я вже майже не чую. Відсутні сюжетні ланки раптом ясно вишиковуються у мене в голові, і вся повість складається разом, як мозаїка.

Кальвістан, Еллі, Чарлі та Шенк стоять поруч зі мною, і наші обличчя однаково сяють від щастя.

# СЕРІЯ «РІДНОЮ МОВОЮ»

Серія «Рідною мовою» зберігає та розповсюджує літературу українською мовою для західних читачів за межами України.

# ВИДАВНИЦТВО «BOOP MARKET»

www.ingramcontent.com/pod-product-compliance
Lightning Source LLC
LaVergne TN
LVHW041209150826
845673LV00001B/338

* 9 7 9 8 2 3 0 2 7 0 0 2 7 *